神竜帝国のドラゴンテイマー

I

八茶橋らっく
Yasahashi Rakku
イラスト
ゆーにっと

CONTENTS

プロローグ◆ドラゴンテイマーのレイド

突然だが、あなたは竜騎士という職についてどんなイメージを持っているだろうか？

竜に跨《また》り人々を守る英雄的存在か。

自由自在かつ優雅に空を舞う仕事か。

はたまた物語に出てくる騎士のように、規律と礼儀を重んじる者たちだと思っているのではないだろうか。

だがしかし、俺は敢《あ》えてこう答えよう。

……結構ストレスフルな職らしい。人間にとっても、竜にとっても。

「おいレイド！　今日もお前は空竜を撫でているだけか？　仕事サボってんじゃねーぞコラ！」

「お前は楽でいいよなぁ。前線に出なくても竜と戯れてりゃ高い給料がもらえるんだから。この給料泥棒が！」

「何か言ったらどうだ？　言い返す度胸もないのか臆病者」

年若い竜騎士たちが、竜舎という竜を育て管理する建物内で、空竜を撫でる俺を見ながらいつも通りに罵詈雑言《ばりぞうごん》を吐き捨てていく。

顔がほんのりと赤く酒の匂いが漂ってくるあたり、仕事終わりで一杯やってきた後なのだろう。

そんな酔っ払い共の言葉に、俺は心の中で少しの苛立ちを覚えていた。

――全く。日々命がけだからといって、しがない竜の世話係の俺に当たり散らすのはやめてほしいんだがな。そりゃ給料はそこそこもらっているけど、業務量と比べれば安いもんだろう。

そう思いつつも、彼らの声に反応する余裕はない。

傍目《はため》から見れば、確かに俺はただ竜の鱗《うろこ》を撫でているだけにも見えるだろう。

しかしその実、今は大切な触診の最中なのだ。

酔っ払いに言い返す暇があるならば、目の前の竜と真摯《しんし》に向き合う。

それが俺の抱く、仕事に対する最低限のプライドというものだった。

「……フェイ。最近鱗の艶がないように思えていたけど、この感触からして内臓も弱っているだろう。ここ最近の出撃で無理をしすぎたんじゃないのか？」

小声で問いかけると、俺が撫でている深紅の火竜……フェイが小さく唸《うな》った。

その唸り声は、俺の持つ【ドラゴンテイマー】スキルによって確かな声としてこちらの心に届いてくる。

『ああ、レイドにはバレてしまうかい。実はちょっと無茶をしてしまってね、ブレスの使いすぎだよ』

この世界ではスキルと呼ばれる特殊能力を十五歳で神様から一つ授かる場合があるが、俺の家系は代々【ドラゴンテイマー】スキルを授かる血筋なのだ。

そして俺は【ドラゴンテイマー】スキルの能力で竜たちと心を通わせ、この帝国、神竜帝国レーザリアに仕えるドラゴンテイマーとして働いている。

普段以上に覇気のない声のフェイに、思わず肩を落としてしまった。

「ブレスの使いすぎって、明らかに竜騎士の無茶振りじゃないか」

ブレスは竜種の必殺技として知られているが、簡単に連発できる訳ではない。

竜の生命力である魔力をごっそりと削るし、威力の凄まじさ故《ゆえ》にブレスが通る内臓や喉の一部も痛めてしまうという欠点を持つ。

それでも空竜に乗る竜騎士がブレスを放つよう指示すれば、操竜術という魔術により竜騎士に逆らえない彼らは、ブレスを連発しなくてはならない。

……その結果、内臓を痛めて体を弱らせるとしても。

「しばらくの休養が必要だ。俺からフェイの担当竜騎士と上の方に掛け合ってみる。こんなの、もう三度目じゃないか」

するとフェイはゆるゆると首を横に振った。

『いいんだレイド。私は既に老兵だ。体にガタがくる歳ではあるし、私に気を遣ってこれ以上自分の立場を悪くするな。そうやって我々を庇《かば》い、今や給料泥棒と言われている始末ではないか。あんな阿呆共にまでな』

「それは……」

フェイは俺を罵る酔っ払いの竜騎士たちを見て、ふんと鼻を鳴らした。

……俺の立場がいいものでないのは、残念ながら事実ではあった。

俺が日々、竜の体調を診て「この空竜は前線には出せません。回復にはまだ時間が必要です」と竜騎士や上に掛け合えば「竜の体調を整えるのも貴様の仕事だろう！　怠慢か、この無能な給料泥棒！」と罵られる始末。

どんなに言葉を尽くして説明しても「竜は頑健《がんけん》な生物だ、そんなにヤワではない！」と信じてもらえない。

……戦場で敵を屠《ほふ》る力強さを見れば、確かに竜は圧倒的かつ強大な存在に見えるだろう。

しかし野に生きる竜は本来、戦場で戦う竜ほど、自身の生命力である魔力を削ってブレスを連発しない。

ブレスとは竜の切り札にして最終手段。

縄張り争いの際や強大な魔物を倒す際、必殺の一手として放つ大技なのだ。

それを竜騎士の勝手で連発されては、いたずらに魔力を消費して疲弊していく一方だ。

だからこそ、たとえ給料泥棒の汚名を被って立場を悪くしようとも、俺は周囲に対して竜の状態について言葉を尽くして説明してきたのだ。

何より、代々一族の手で育ててきた空竜たちに無茶はさせたくなかった。

「……俺が給料泥棒扱いなのはいつもの話だ。俺のことは気にせず、ともかくフェイはゆっくり休んでくれ」

『そうか……すまないレイド、また苦労をかけるな』

それから俺はフェイの水桶に新鮮な水とお手製の竜用の治癒水薬《ポーション》を混ぜ入れ、彼に飲ませた。

竜用の治癒水薬《ポーション》の素材には、治癒の効果をもたらすトキノ草の実と、痛みを和らげるスズメ草を煎じたものも入っている。

出撃による疲労感はどうにもならないが、少しは体調もよくなってくれるはずだ。

フェイへの処置が終わってからも、俺は竜舎にいる他の竜たちの世話をしていく。

体調を診るのはもちろん、寝藁の交換や食事の準備なども一体ずつ細やかに調整して行っていく。

この神竜帝国レーザリアの首都には、各地へ出撃する空竜たち全員が生活する竜舎が建てられている。

昔から【ドラゴンテイマー】スキルを持った俺の一族が首都にて帝国を守る竜の全てを管理し、育ててきたからだ。

なので出撃していない竜たち全員の面倒を日々見なくてはならず、今日もまだ五十体近くの世話をしなくてはならない。

「この分だと、今日もひっそりと深夜まで残業かな……」

そんな呟きが口からこぼれたが、それも仕方がない話ではある。

何せ先代の両親も早くに亡くなり【ドラゴンテイマー】スキルを持つ一族の人間は、この世にもう俺しかいないからだ。

しかも空竜たちは理性的かつ、時に人間のように繊細な精神を併せ持つ存在なので、【ドラゴンテイマー】スキルで互いに意思の疎通を図れる人間にしか基本的には心を許さない。

寝藁の交換でさえ、俺以外がやると嫌がるのだ。

それ故、竜騎士は操竜術を扱って強引に空竜を操るという側面もある。

――尊敬する両親から引き継いだ生業《なりわい》とはいえ、こうやって大切に空竜たちの世話をしても……彼らは竜騎士たちに酷使されて終わっていくのか。

疲労感からか、そんな後ろ向きな思いが頭をよぎった。

そう考えれば、自分がやっている行いは空竜たちにとって良いことなのかとさえ思えてくる。

もし本当に彼らのことを思うのなら、無茶を承知で今すぐ竜舎の扉を全て開け放ち、空竜たちを野に放つべきではないかと……けれど。

『レイド、何を考えているんだい？』

『ここでの生活も悪いものじゃないよ。三食食事はちゃんと出るし、狩りをする必要もないしさ』

『あまり思い悩むものじゃないよ？　疲れるだけだし』

「皆……」

……皆、俺が今みたく思い悩むたび、いつもこちらの表情から心を読んで気を遣ってくれるのだ。

狩りをする必要もない、というのは半分本心なのかもしれないが、もう半分は俺が悩むからこそ出てきた言葉に違いなかった。

『悩む時間があるのなら、僕らと話でもしてよ。まだ仕事もあるし、ここにいられるでしょ？』

若草色の鱗を纏《まと》う風竜へと、俺は「ああ」と返事をした。

そうして手を動かしながら、空竜たちとのんびりと会話をしていく。

空気の匂いから明日も晴れるかなとか、俺の治癒水薬《ポーション》は空竜の間でも好評だとか。

日々、夜遅くまで続く労働も、空竜たちとこうして会話が弾むからこそ続けられているのは間違いなかった。


治癒水薬《ポーション》の仕込みなどで結局明け方まで働き続けた、辛《つら》い残業明けの翌日。

俺は仮眠する間もなく、職場の本陣である神竜帝国レーザリアの宮廷に呼び出されていた。

なにやら当代の、第三十七代目のレーザリア皇帝が、直々に俺に会いたいと言っているらしかった。

できればすぐにでも、ベッドと言わずとも竜舎の寝藁で横になりたかったが……。

仕えている主の呼び出しを断れる訳もなく、眠気と気怠さを訴える体に鞭打ち、宮廷へと向かった。

宮廷は四つある巨大な竜舎に、四方を囲まれるようにして建てられている。

神竜帝国の皇帝はいつ何時《なんどき》であれ、四方を竜の護《まも》りで固めている、という意味合いあっての立地だ。

なので俺が足で宮廷へ向かうのには、さほど時間はかからなかった。

朝日を照り返す虹色の魔石製の柱が大樹の如く立ち並び、豪奢《ごうしゃ》に彩られた天井を支えている宮廷の様は、いつ見ても華美の一言に尽きた。

窓から見える庭園は庭師によって木々や花が美しく揃えられ、蝶が舞い飛んでいる。

そして窓の縁《ふち》、柱、壁、床……至るところに黄金で竜を表す装飾が施されている。

宮廷や城の威容《いよう》はその国の力を示すとさえ言われるが、神竜帝国の国力は間違いなく、この大陸において随一だろう。

給料泥棒扱いながら、生まれ育ったこの帝国を支える仕事をしているという一点については、俺も誇りを持っていた。

「レイド・ドライセンです。陛下に御目通りを願いたく馳せ参じました」

「うむ。……ドラゴンテイマーのレイドが参った、陛下のもとへお通しせよ」

皇帝の座《ざ》す間の手前、扉の前で近衛兵とやり取りをすれば、近衛兵たちが重々しい扉を開いて俺を中へと入れた。

進んだ先、部屋の最奥に据え付けられた黄金の玉座に座す皇帝の手前にて、俺は帝国の作法に則《のっと》り右膝をついて頭を下げた。

「レイド・ドライセン。伏して御身の前に」

……さて、この皇帝はつい数ヶ月ほど前に即位したての新皇帝だ。

今まであまり接点もなかったが、またどうして俺をこの場に呼びつけたのか。

そう考えていると、開口一番、皇帝はこちらを労《ねぎら》うでもなく冷たい声音でこう言い放った。

「レイド、貴様は本日限りでクビだ。貴様の怠慢ぶりは我が耳にまで届いておる。帝国の恥め、民からの血税をなんと心得ておるのか」

「なっ……!?」

下げていた頭が思わず跳ね上がり、皇帝のよく贅肉《ぜいにく》のついた顔をまじまじと見つめてしまった。

正直、開いた口が塞がらなかった。

この帝国は、空竜を主力とした竜騎士部隊によって国防が担われている。

人間を襲い食らう魔物さえ、空竜たちにより駆逐されている。

にもかかわらず、その空竜たちを唯一まともに世話できる俺がクビ？

しかも近年、原因には諸説あるものの魔物が活発化しており、ただでさえ被害が増加しているのに
……そのタイミングで空竜たちを世話する俺を切り捨てると言うのか。

「陛下、質問をお許しください。それは……何かのご冗談でありましょうか？」

「黙るがいい、給料泥棒風情《ふぜい》が！」

「貴様、陛下の言葉が冗談と聞こえたか！」

皇帝の脇に控えていた宰相のアゾレアや貴族たちから怒声が飛んできた。

皇帝は緩やかに片手を上げ、騒ぐ家臣団を黙らせた。

「我が国の空竜たちは従順で誰にでも世話ができる。アゾレアたちの言う通り、今や貴様など給料泥棒に過ぎぬわい」

「今まで彼らが大人しかったのは、心を通わせる術を持つ俺が世話を続けてきたからです」

俺は即答し、このまま俺がいなくなれば帝国は大変な事態に陥ると説得を試みた。

「空竜たちは豪胆に見えて、精緻《せいち》な彫像のように繊細な面も併せ持つ生き物なのです。何より彼らは竜騎士に酷使され、弱っております。陛下、どうかお考え直しください。俺の【ドラゴンテイマー】スキルがなければ、この国の空竜たちのコンディションを保つことは難しくなるでしょう」

「減らず口を。そのふざけたスキルを重宝し、我が父上……先代の皇帝までは愚かにも貴様ら一族を高く評価し、多額の給金を支払ってきた。しかし我が目は節穴ではない。今や空竜たちはこれまでに

ないほど穏やかな気質となり、世話など誰にでもできる様子だ。貴様のような無能に払う金があるなら、新たに空竜を仕入れたいところだ」

「仰る通りかと、陛下。何よりこの者の空竜を休ませろという妄言に邪魔をされ、今までどれだけの空竜が竜騎士と共に出撃できなかったことか」

「ドラゴンテイマーを名乗る者が空竜は繊細と断ずるなど、己の手で世話をしてきた空竜はひ弱に育ったと言っているようなものだぞ。レイドよ」

……馬鹿な。

癇癪《かんしゃく》気味にこちらを詰《なじ》る皇帝を始め、宰相や貴族たちも俺を非難する声が強い。

皇帝や貴族といえど、ここが一騎当千の竜騎士部隊により支えられる神竜帝国であるならば、もっと空竜について見識があってもいいだろうに。

ともかく主の過ちを正すのも仕える者の責務だと、俺は強く反駁《はんばく》する。

「いいえ、俺の言っていることは本当です！　それに似たような話を繰り返しますが、空竜の気質が穏やかになったのも、俺が彼らに話をつけてきたからで……！」

「愚かな、竜と会話できる訳がなかろう！」

宰相の一喝に続き、周囲の貴族たちも「レイドの語りも落ちたものよな」と失笑を重ねる。

「虚偽の申告に職務の怠慢、何よりその陛下に対する不誠実な姿勢！　これらは帝国への反逆である！」

「レイドよ、本来ならば貴様に死罪を言い渡したいところであるが、その薄汚い血で帝国の土を汚すこともあるまい。貴様は国の恥、よってこの帝国から追放とする！　宮廷どころか二度と帝国の土を踏むでないわ」

皇帝の言葉は神の言葉、故に誤ることはなし。

そのように称されるほど、皇帝の言葉はこの帝国においては覆りがたい。

それを知るからこそ、皇帝の宣告を受けた俺は唖然とするほかなかった。

――いくらなんでも、こんなことが……。

何が起こっているのかと思考を巡らせ……ここに至って、ようやく気がついた。

これは出来レースだ。

一種の魔女裁判のようなもので、皇帝、宰相、貴族に至るまで全員がグル。

なんらかの事情で俺を排除しようと、こうして形だけでも面会し、反逆者や罪人に仕立て上げるためのもの。

……先代の皇帝と、先代のドラゴンテイマーであった父は、立場や身分を超えて共に理解し合う良き友人同士だった。

それが最近、先代の皇帝が病死し、その息子が跡を継いだ途端にこのザマだ。

思い返せば宰相も、新たな皇帝が即位した途端、先代皇帝に仕えていたクリスからアゾレアに変更となった。

もしも先代皇帝の善政を支えてきたクリスが宰相を続けていたなら、こんな横暴を許しはしなかっただろう。

――となると、まさかあの新皇帝が手を回したのか？　宰相まで都合がよくなるように替えたのなら、最早《もはや》やりたい放題か。

そう考えたところで、今は我が身の問題が大きいと思い直した。

……家族も親戚もいない天涯孤独の身で、生まれ育った帝国まで追い出されては、この先どうすればいいのか。

最早《もはや》、職を奪われるだけでは済まない始末だ。

今はただ、自分の身に降りかかった事態を愕然《がくぜん》と受け止めるほかなかった。


「父さん母さん、すまない……俺が不甲斐ないばかりに。この屋敷も、じきに取り潰しにあうと思う」

実家の屋敷にて、今は亡き両親の描かれている肖像画に向かい、俺は頭を下げた。

ドライセン家は代々帝国にドラゴンテイマーとして仕えていたので、帝国の第一区に屋敷を構えている。

第一区は帝国の黎明《れいめい》期より名のある貴族家が多く住み、かつては子供心ながら、ここに暮らしている事実を誉れ高く感じていたのを今も覚えている。

最近は日々の残業であまり帰れなかったとはいえ、それでもここは俺が生まれ育った実家だ。

離れるとなれば深い悲しみを覚えるし、正直、家に残りたい気持ちの方が大きかった。

……けれどそうは言っても、これから先は急がなければならない。

俺の見立てでは恐らく、このままでは命すら危ういからだ。

「果たして本当に、国外追放で済むもんかな……」

いいや、ほぼ確実にそれだけでは済まないだろう。

俺が他国へ渡り、神竜帝国の空竜に関する情報を流す可能性がある以上、皇帝は俺を国外で事故か盗賊の仕業にでも見せかけて暗殺するのではなかろうか。

俺たち一族が育ててきたこの帝国の空竜たちは、他国の騎兵隊や魔導兵器に比べても非常に強大であり、敵を阻み屠る、盾であり鉾《ほこ》として恐れられてきた。

数百を超える騎兵部隊でさえ、火竜数体が横薙ぎでブレスを放てば即座に打ち破れる。

さらに臨戦態勢に入った竜の鱗は魔力が通って硬化し、矢も魔術も容易には通さないほどに強靭な装甲と化す。

このようにして帝国が竜の力で他国よりも優位に立っている以上、竜に関する膨大な量の情報を抱える俺が、このまま皇帝に見逃されることは決してないと考えるべきだ。

それにあれだけ大胆に、代々貴族家同然に抱えてきたドライセン家の末裔である俺へとクビ宣告を行い、その前には宰相の首すらすげ替えていたと思われる皇帝だ。

軽挙妄動《けいきょもうどう》に出たところでなんら不思議ではない。

「建前上、宮廷に仕えていた人間をおおっぴらに処刑するってのも人聞きが悪いだろうし。その点もあって、国外追放後に追っ手がかかるのはほぼ間違いないとして……」

それをどう撒《ま》くかが問題だ。

いっそのこと世話をしてきた空竜たちに乗って逃げるのも手だが、そうなれば協力してくれる空竜を危険な目に遭わせることになる。

もし帝国の領土から離れたとしても、追っ手として竜騎士が出てきて上空で撃墜されてしまえば目も当てられない。

「……やっぱりこの手はなしだな。でも国を出るなら最後に、空竜たちに知らせていかないと」

皆、気のいい奴らだから、俺がいきなりいなくなったら驚くだろう。

何より帝国に残していく他ない彼らには、真実を教えておきたくもあった。

俺は使用人たちへの退職金と事情を記した書き置きを残し、旅の準備を整えてから月の高い夜分に屋敷を出た。

宮廷近くの竜舎を囲う塀には、夜中でありながら、侵入者を警戒する見張りの兵士たちが立ち並んでいる。

それでもここは勝手知ったる我が竜舎近辺。

兵士の交代タイミングを見計らい、塀に開いた古い穴を抜けてフェイのいる竜舎に忍び込んだ。

そうして空竜たちを揺すり起こせば、彼らはゆっくりと首を持ち上げた。

「眠っていたところ悪いな、皆。突然だけど、別れを言いに来た」

『別れ？　どういうことだレイド』

首を傾げる空竜たちに、俺は努めて急いで話を纏めた。

「端的に言えば、俺はドラゴンテイマーをクビになった。名目上は国外追放の刑だけど、多分そのうち追っ手がかかる。だからいきなりで悪いけど、今生《こんじょう》の別れを言いに来たんだ。死んでも生き残っても、二度と帝国には戻れないだろうから」

するとと空竜たちは次々に唸った。

『そんな！　だったら僕らに乗って逃げればいい！』

『クビになった理由も、どうせ下らんものだろう？　常日頃の竜騎士や貴族たちの態度を見れば分かるものだ』

『おのれ許せん、我らが暴れてくれよう！』

『レイド。今すぐ鍵を外し、扉を開けよ！　そうすれば私たちが助けてやる！』

空竜たちは翼を広げて今にも暴れ出しそうだったが、俺は彼らを慌てて手で制した。

不審に思った兵士が駆けつけてくれば面倒であるし、ここは穏便に済ませたかった。

「落ち着け。そんなことをすれば、皆が処分されてしまう。もしここで皆を解放したとしても、外に仕掛けられている脱走阻止の対竜結界で何体かは確実に撃墜される」

対竜結界。起動に絶大な魔力を消費し雷撃を放つそれは、万が一にも空竜が脱走したときのためにと四つの竜舎にそれぞれ仕掛けられている。

フェイのように弱った空竜なら上空で雷撃を受ければ墜落は必至。

……俺が竜舎の空竜たちの解放に悩み、踏み留まっていた理由の一つが、この結界でもあった。

「俺だけじゃなく、父さんや爺さんたちが育てた皆を危険な目には遭わせられない。だからすまない……これでお別れだ。他の皆にも伝えてくれ」

俺は巨大な竜舎に勢揃いしている空竜たち一体一体と目を合わせる。

できれば他の竜舎にいる皆や、各地へ出撃している皆へも直接別れを伝えたかった。

けれどきっと、後はフェイたちが上手く伝えてくれるだろう。

「……皆、今までありがとう。達者でな」

俺はそう言い残し、竜舎を飛び出した。

背後の竜舎から響くのは、空竜たちの哀しみを帯びた咆哮《ほうこう》だった。

ここの空竜たちは、俺にとっては大切な家族のようなものだった。

物心ついたときから、父さんに連れられ竜舎に来ては、彼らと心を通わせていた。

きっと彼らからしても、俺を身内同然に思ってくれているだろう。

……今は両親もおらず、フェイたちだけが心を許せる相手であった。

辛《つら》い仕事も、彼らのためだからと頑張ってこられた。

そんな家族同然の空竜たちと二度と会えないと思うと、正直泣きたくなるし立ち止まって竜舎に戻りたくなる。

――でも、ここで止まれば命を投げ捨てるようなものだ……！　フェイたちのためにも、絶対に逃げ果《おお》せてやる。

今の時点で誰にも見つからずに帝国から抜け出せば、ある程度の時間は稼げるはずだ。

見張りの兵士たちが空竜たちの咆哮に注意を向けている間に、俺は宮廷の付近から離れていった。

第一章◆竜姫との再会

宮廷や実家のある帝国の第一区といくつかの区を抜けて東へと進み、兵士の目を盗んで川を渡り、検問を通らずに帝国を抜ける。

夜分に黒い外套《がいとう》を纏《まと》っていたこともあり、目立たずに行動できたのは幸いだった。

それによって、深夜までにウォーレンス大樹海と呼ばれる森に到達していた。

この月明かりすら通さないほどに鬱蒼《うっそう》と茂った大樹海は魔物の生息地として知られているが、俺は敢《あ》えてこの地へやってきた。

――この大樹海の先にはロレンス山脈がある。そこさえ越えられれば、追っ手がかかっても俺を見つけにくいはずだ。

しかもこの大樹海は迷路状に入り組んでいて、ロレンス山脈へ向かうには決められたルートを辿らなければ元いた場所に戻ってしまう。

昔はよく魔術の修業で父さんと来た場所だ。

夜分であっても迷わず進める自信もあるし、いつ現れるか分からない追っ手を撒《ま》くなら、ここを通るべきだろう。

もっと言えば、この付近で行方不明になった者は、魔物の餌食《えじき》になったと判断され捜索を打ち切られることも珍しくない。

上手くいけば、魔物に殺されたと見せかけることも可能だろう。

大樹海の縁、木々の陰から魔物がいないか様子を窺《うかが》う。

……すると深夜の月明かりの下、よく見れば大樹海の手前で一人の少女が立っているのが見えた。

腰まで伸びた銀髪は月明かりを照り返して煌《きら》めき、瞳は淡い空色で澄んでいる。

一見して俺と似たような年齢だと思うが、驚くほど整った顔立ちをしていた。

思わず見惚れてしまうほどで、白と青を基調とした薄い衣服と合わせて月の妖精と見紛《みまが》うほどに美しかった。

「……いいや、ぼんやり見つめている場合じゃないな」

なんの用事があってここにいるのかは分からないが、あそこに立っていては危ない。

見るからに武装もしていないし、魔物から見れば格好《かっこう》の餌食だ。

思わず声をかけようと木の裏手から飛び出した、その刹那《せつな》。

『あっ……！』

少女がこちらに気付いて、不思議ととても嬉しそうに、明るい表情を浮かべた。

だが彼女の背後の木々を揺らし、突然コボルトの大型種であるハイコボルトが飛び出してきた。

コボルト種は狼型の魔物で、黒い体毛と素早い動きを生かし、夜分の狩りを得意とする。

……やはり既に魔物があの子を狙っていて、襲いかかる機会を窺っていたのだ。

『グォォォォォォン!!』

『……っ!?』

目を見開き、迫り来るハイコボルトを呆然と見つめる少女。

距離的にはハイコボルトの爪が少女に到達するまで秒読みだが、それをむざむざと許しはしない。

「封印術・竜縛鎖《リュウバクサ》！」

駆け出した勢いのまま、俺は十八番《おはこ》の封印の魔術を起動させる。

魔術。それは神様から授かるスキルを人間なりに解析し、生命力である魔力を消費することで発現する力。

魔術は体内魔力の消費と共に「何をするか」を明確にイメージし、魔術に応じた魔法陣を展開することで起動する。

そして俺の得意魔術である封印術は、魔法陣から鎖を召喚し、対象に縛り付けて使うタイプのものだった。

正面に展開した魔法陣から五本の鎖が飛び出し、瞬時にハイコボルトを捉えた。

『グオオオッ!!』

鎖がハイコボルトの全身を雁字搦《がんじがら》めにし、動きを完全に封じ込めた。

ドラゴンテイマーの一族は、竜が暴れた際に抑えるため、こういった封印術を会得《えとく》するものだ。

最強の魔物と名高き竜すら縛る封印術は当然、並大抵の魔物の動きなら一瞬で抑えられる。

「ハァッ！」

さらに駆け寄った勢いのまま自衛用の短剣を腰から引き抜き、ハイコボルトの喉元に突き刺して絶命させる。

人間の倍近くの体躯を誇るハイコボルトが倒れると、少女はこちらに駆けてきた。

『なんと、また助けられてしまいましたね……。それに今の手際、やはりあなたはお強いのですね』

「んっ、どこかで会ったことが？」

口調からして知り合いのようだ。

しかしこんな可愛い子、残業塗《まみ》れの生活を送っていた俺と接点なんてあったか？

毎日竜舎と実家を行ったり来たり。生活の大半は仕事が中心で、可愛い女の子と話すどころか休暇すらほとんど……虚しくなるからこれ以上はやめよう。

日々を思い返して項垂《うなだ》れていると、少女は微笑み、眩い光を放ち始めた。

『分からないのも無理はありませんね。では、こちらの姿なら思い出していただけますか？』

直下に魔法陣を展開した少女は次の瞬間、その姿を大きく変貌《へんぼう》させていった。

小柄な体はハイコボルトすら上回る巨躯《きょく》となり、大地を踏みしめる四肢《しし》が現れる。

次に振るだけで大岩すら砕く強靭な尾と、大空を掴むような雄々しい翼が見えてくる。

最後に光が収まった時、少女は白銀の鱗に身を包んだ銀竜となっていた。

——変身系の魔術、それも相当に高度なものだ。

自身の質量や体積すら無視して竜が人間に変身するとは、尋常ではない。

ここまで高度な魔術を扱う竜種となれば、古竜と呼ばれる、古《いにしえ》より生きる竜種の頂点に他ならない。

帝国で竜騎士が騎乗する竜は空竜種と呼ばれ、前脚が翼でかつ後ろ脚で歩行する種類の竜で、比較的新しく進化した竜種とされているものだ。

細分化すると扱う属性によって火竜や水竜に風竜などと呼び方が変わるが、それらは全て空竜種という括《くく》りになる。

一方で古竜は背中から独立した翼が生える、四足歩行型の竜だ。

そして目の前に佇む銀の古竜について、俺は見覚えがあった。

「もしや君は……三年前に助けた古竜かい？」

呟きながら、かつての記憶が蘇る。

三年前、病で弱っていた古竜をこの辺りを通りかかった際たまたま見つけ、しばらく帝国と大樹海を往復して手当てしていたのだ。

激務続きで忘れていたが、思い返せば当時から美しい古竜だった。

古竜はこくりと頷き、目の前にしゃがんだ。

『名乗り遅れましたね、私はルーナと申します。ドラゴンテイマーのレイド。あなたの窮地を聞きつけ、私はこの地に戻ってまいりました。どうか共に、私たちの暮らす竜の国へ来てはくださいませんか？』

「……俺の窮地って、誰から聞いたんだ？」

俺の国外追放決定の話は古竜が知るほど早く広まっているのかと、身構える前に苦笑が漏れた。

ルーナは落ち着き払った声音で語り出した。

『それは当然、私たちの同胞、あなたが帝国で家族同然に育てていた空竜たちからです』

「竜舎にいた皆が？　どうやってそんなことを」

『竜の咆哮は遠方までよく通り、時には山々さえ越える。それはドラゴンテイマーであるあなたもご存知ですね？』

「それはもちろん。そのあたりは知っているけど……もしかして」

『そうです。彼らが咆哮に声を乗せ、届けてくれたのです。竜姫よ、どうか追っ手に先んじて若きドラゴンテイマーに救いの翼を……と。同時にレイドのこれまでの功績も伝えてくれました。誠心誠意、竜に向き合っていたあなたの姿勢は、実に素晴らしいと感じています』

竜舎にいた空竜たちは俺が去った後も哀しげに咆哮を上げていたが、あれには俺を助ける意図もあったのか。

【ドラゴンテイマー】スキルによる竜の言葉を解する効果は、あくまで俺自身に向けられた咆哮や唸《うな》り声にしか適用されない。

ただの咆哮にしか聞こえないと思ったら、竜舎の皆が声を向けた先は遠方のルーナだったのだ。

もしも生きてまた再会できたなら、皆には心からの感謝を伝えたかった。

「それと今、竜姫って聞こえたけど。それはルーナ自身が？」

『ええ。今の竜王の娘という意味であれば、私が竜姫で相違ないです』

竜王に竜姫……そうか。

古竜には竜種全体を纏め上げる王族がいるとドライセン一族の言い伝えで聞いていたが、まさか実際に目にする日が来ようとは。

というか、たまたま三年前に助けたのが竜姫だったとは、不思議な巡り合わせもあったものだ。

当時のルーナは病で喉が腫れていたので何も聞けなかったが、あの時に彼女が竜の王族だと知らされていれば、それはそれで驚いていたに違いない。

『レイド。私はあなたに救われた恩を返すべく、あなたを迎えに来ました。そして私たち古竜にも、あなたの優れた力は間違いなく必要だと感じています。もしよければ、共に古竜の住まう竜の国へ来てはいただけませんか？』

ルーナからのそんな申し出は、正直に言えば非常にありがたかった。

故郷から出た俺には身内も協力者もおらず、行くあてのない天涯孤独の身だ。

そんな自分に力を貸してくれるというのなら、断る理由などなかった。

「これからどうしようか困っていたところだ。フェイたちの話を聞いて駆けつけてくれたルーナが連れて行ってくれるなら、是非頼みたい」

ルーナはこちらに背を向けてしゃがんだ。

『では、私の背に乗ってください。今なら誰にも見つからずに飛び立てるかと』

俺は手を広げ、鱗を掴むようにしてルーナの背に登って、両手と両脚で挟むようにしてルーナに掴まった。

帝国の竜騎士が空竜に乗る際には、跨りやすいようにと鞍《くら》が用意される。

しかも靴は分厚いブーツ状のものでないと、竜の鋭い鱗で足を傷つけることになる。

だが幸い、俺は空竜を世話していた都合上、鞍なしでも竜に乗り慣れていた。

長靴も仕事柄、常に厚手のものを着用していたので問題ない。

『行きます、掴まってください！』

次の瞬間、ルーナは翼を広げて一気に上昇した。

夜の冷たい空気が体に押し当てられる感覚の後、視界いっぱいに星空が広がる。

大樹海は既に遥か真下、やはり竜と飛翔する際の開放感は何者にも勝る。

『背に乗せるだけでも感じます。この魔力、三年前を思い出す心地よさですね』

ルーナは上機嫌に何かを呟いているが、吹いてくる風に阻まれてよくは聞こえなかった。

それから生まれ育った帝国が見えなくなるまで、ルーナの空竜以上の飛翔速度もあり、あまり時間はかからなかった。


「ふぅ……。これでレイドの奴に支払っていた多額の給料も、今後は趣味の空竜購入に費やせるというものよ」

レイドに追放処分を下した翌日。

神竜帝国レーザリアの現皇帝、ルーカス・イブシル・レーザリアは自室にて、朝からワイングラスを片手にほくそ笑んでいた。

彼の部屋は床、壁、椅子、寝具……さらには手にしているワイングラスに至るまで、あらゆる物へと竜の装飾が施されており、それが彼の抱く歪んだ竜好きを顕著に示していた。

皇帝は次に購入しようと考えている空竜のリストを上機嫌に指で追い、「ククク」と脂肪のついた体を揺らす。

「竜は幼竜でも高額だが、人の雇用にも金がかかる。ならば人の方を次々に切り捨て財源を確保し、我が愛しの空竜の購入に回せばよい！　そうすれば竜は増え、帝国はより一層強大化していく！　まさに一石二鳥よ！」

ああ、なんて天才的なのだろうか……彼はそう確信し、疑わなかった。

そう。この皇帝が追放したのは、何もレイドだけではなかったのである。

――先代の皇帝であった父上も前宰相だったクリスも、増加する魔物の被害もあり、常に財源確保で悩みきっていたが……。なぜこんな簡単な策を思いつかなかったのか。特にドラゴンテイマーなどといった、多額の給料を出していた割に微妙な働きしか見せなかった愚か者は早急にクビにするべきであったのに。

恐らく父上はドラゴンテイマーの力を疑いはしていたのだろうが、日和見《ひよりみ》していたのだろう。もしや本当に【ドラゴンテイマー】スキルが有用なのではとな。……ふん、私に言わせれば間抜けもいいところだ。とっとと病死して、こうして不要な者を見抜き即断即決で切れる私に国を譲り渡して大正解だ。ついでに口うるさかったクリスも首尾よく始末できたのは何よりだった。

ここまでの事の運びは順調。

後は思い描いたままに帝国を統べ、己の欲のままに動くべしと、皇帝は半ば有頂天になっていた。

「昨夜のうちに行方不明となった、恐らく帝国を抜けたらしいレイドの奴も、今頃は口封じに放った追っ手により息絶えている頃か。他国に渡る前に始末できるのは僥倖《ぎょうこう》と言う他ないな」

そう呟きつつ、ワイングラスを口元に近づけた皇帝であったが……。

突如としてゴウンッ!! と轟音が響き渡り、次いで激しい破砕音が各所から上がった。

「うっ、うあぁ!?」

宮廷を揺らすほどの振動に、皇帝はワイングラスを取り落とした。

ビシャリと床に赤い華が咲き、カーペットの竜の装飾に染みを広げてゆく。

「これは、何事か!?」

「陛下、大事でございます!」

部屋に転がり込んできた宰相に、皇帝は痛癪気味に尋ねた。

「なんの揺れだ、他国よりの奇襲か!? 常勝不敗を誇る我が帝国の竜騎士たちは何をしておるか!」

「そ、それが……謀反《むほん》です!」

「謀反? それこそ竜騎士を召集し、素早く事を収めぬか!」

一切の反論を許さない、そう表情で告げる皇帝へと宰相は震えた声音を漏らした。

「畏れながら申し上げます。謀反を起こしたのは他ならぬ空竜たちなのです！ 餌をやるために竜舎の柵を開いたところ、普段の大人しさが嘘のように一斉に飛び出し……」

『グオオオオオオ!!』

咆哮が大気を揺らし、皇帝の自室に轟音と共に大穴が開いた。

全てで国家予算の三割に匹敵する高価な調度品の数々や壁画は粉々に砕かれ、部屋は瓦礫の散乱する荒場《あれば》と化した。

巻き上がる砂煙の中、宰相は青ざめながら、口角に泡を立てて捲し立てる。

「今のは炎のブレス！　そんなまさか⁉」

『グルルルル……！』

低く唸り声を上げ、怒りながら皇帝の前に現れたのは、竜舎に住む空竜たちの纏め役のフェイであった。

緋色の甲殻を火で照らし、全身の筋肉を鱗越しに隆起させ、戦闘態勢を整えている。

怒れる空竜の姿に、皇帝も宰相も何故、と驚愕《きょうがく》を顔に貼り付ける。

まさかレイドの追放が彼らの怒りを買ってしまったとは、一分《いちぶ》たりとも理解できていない様子である。

……事態はこの程度では収まらない。

家族同然のレイドを追放した上に命まで狙った皇帝への怒りを胸に、フェイ以外の空竜たちも続々と集まってくる。

生来、耳の良い空竜たちが外で聞き耳を立てれば、皇帝がレイドを狙って暗殺者を放ったことなど壁越しでも筒抜けだったのだ。

火に油を注ぐかの如き愚行に、元来空竜の中でも温厚な性質だったフェイたちの怒りは最早、抑えられぬ状態にまで達していた。

『オオオォォォォォォォォォォオオオオ‼』

フェイの咆哮に応じ、空竜たちは強靭な尾で、鋭利な爪で、強靭な肉体で……それぞれ建物を砕き、瓦礫に変えてゆく。

幸い、人を踏み潰さぬ程度の理性は残っているようだが、逆に人を踏み潰す以外ならば暴れ放題であった。

空竜たちに守られし聖域、神竜帝国の宮廷は皮肉にも彼らにより更地に変わってゆく。

なお、皇帝はこの時「何故、対竜結界が作動しない⁉」と驚愕を露わにしていたのだが……。

対竜結界はあくまで脱走し、空へ逃げた空竜たちを雷撃で撃墜させるものである。

つまりは地上で一斉に反旗を翻《ひるがえ》した空竜たちを抑えるようにはできておらず、ましてや彼らを止めるほどの雷撃を、多くの人間が活動する地上で放つ訳にはいかなかったのである。

「ま、待て貴様ら。面倒を見てやった恩を忘れたのか？　我はこの帝国を統べる者。い、いかに寛大で竜を集め愛でるのが趣味である我とて許せぬものが……！」

『グオオオオオオオ‼』

周囲の空竜が一斉に咆哮を上げ、皇帝を圧倒する。

最後にブレスを天高く放って、その余波で皇帝を転がした。

凄まじい圧力に皇帝は失神する直前、思い知った。

空竜の持つ本来の凶暴性を。

これら全てを抑え込んでいた、レイドの手腕の凄まじさを。

そして何もかもが、もう手遅れであったと。

この日を境に……より正確には宮廷襲撃の直後、空竜たちが意味ありげな悲哀の籠った咆哮を各方面へと上げた後。

神竜帝国レーザリア全土の空竜たちは一斉に竜騎士たちを背に乗せなくなり、戦力として使いものにならなくなってしまった。

竜騎士が空竜を操るための操竜術も、そもそも空竜に乗らなければ効力が薄いのだ。

この異変の原因は帝国全土の空竜たちが慕っていた若きドラゴンテイマー、レイドの国外追放にあることを……皇帝を始めとした神竜帝国レーザリアの人々は、誰も理解していなかった。

第二章◆竜の国へ

ルーナの背に乗り、一晩かけていくつもの山々を越えてゆく。

古竜の翼のはためきは力強く、夜の星空を滑るように進んだ。

その際、前方に見える星の位置から気付きがあり、腰のポーチから小さな方位磁針を出して確認する。

――この方角、秘境の方に向かっているのか。

秘境。それは帝国から見て東の果て、ロレンス山脈の山々を越えた先にあるとされる人里離れた土地。

秘境の方には帝国の空竜たちも滅多に近寄りたがらないと、竜騎士たちがぼやいていたのを思い出す。

そこから、秘境には何かあるとは思っていたが……。

『レイド。じきに私の故郷、竜の国へ到着します』

「故郷……そうか。秘境には古竜たちの群生地があるのか」

俺の世話してきた空竜たちは、最も古い血筋の竜種である古竜を神聖視する傾向にあった。

帝国の空竜たちにとって秘境は古竜の住まう聖地であるため、安易に近寄らなかったのだ。

『まずは国を案内する前に私のお父様、竜王のもとへお連れします。詳しい話はそれからできればと

『……っ⁉』

ルーナが上空で急に静止して慣性が働き、軽くつんのめるかのような衝撃を受ける。

何事かとルーナの背から周囲を見れば、こちらに向かい、正面から魔物が迫ってきていた。

鷲似の上半身に獅子似の下半身を持った、古竜にすら匹敵する体躯を誇る魔物、グリフォンだ。

やはり人里を離れれば大型の魔物も現れるというものか。

また、古竜であるルーナでさえグリフォンを警戒しているようだった。

『クルルルルル‼』

けたたましい咆哮に、ルーナが目を細めた。

『後少しというところで！　せめてブレスで撃ち落とせれば、レイドを危険な目に遭わせなくとも済みますが……』

ルーナは口腔に魔力を溜め、稲光を放ちながら雷撃のようなブレスを集束させてゆく。

空竜のブレスの五倍はある超高密度魔力に驚きを覚えるが……。

「ルーナ、そこまでしなくていい」

『と言いますと、策があるのですか？』

「要は奴を近寄らせなきゃいいんだろう？　だったら……封印術・蛇縛鎖《ジャバクサ》！」

魔力を消費して魔法陣を展開、グリフォンへと封印術を起動する。

蛇縛鎖《ジャバクサ》はハイコボルトに使った竜縛鎖《リュウバクサ》よりも射程が長く、遠距離向きの封印術だ。

その反面耐久性は多少劣るが、要は使いようである。

「ふんっ！」

手元に展開した魔法陣を操作し、グリフォンの翼に鎖が絡まるよう軌道を修正。

グリフォンは鎖から逃れようと体を捻るが、鎖は蛇のように大きく曲がってグリフォンに絡みついた。

これが蛇縛鎖《ジャバクサ》の利点、対象へ向かって誘導できる使い勝手の良さがある。

そのまま翼を封じられたグリフォンは、遥か真下へ落下してゆく。

『クエエエエエ!?』

怪鳥めいた悲鳴を上げ、グリフォンは木々の中へと消えていった。

『大型の魔物を容易く、遠距離から縛るとは……！』

「ドラゴンテイマーの封印術は近距離にも遠距離にも対応しているんだ。でないと暴れる竜を抑えられないから」

『ですが、私たち古竜が手を焼くほどの魔物を抑え込むとは。その技量、やはり素晴らしいものがありますね』

危機が去って安心したのか、ルーナの声は軽やかだった。

『流石は神竜帝国のドラゴンテイマーと言ったところでしょうか。ひとまず、他の魔物が出る前にこのまま竜の国へ急ぎましょう』

ルーナが霧に覆われた細い渓谷に突入し、そのまま飛翔してゆく。

竜は感覚器官が優れているため、視界が悪くても、周囲の音の反響のみで状況を把握し飛ぶことができるのだ。

お陰でルーナは巨大な翼を渓谷に擦らせず、滑らかに進んでいく。

次第に霧が晴れていき、ルーナは草原に降り立った。

その時、ちょうど朝日が昇ってきて、朝露に濡れた草木が陽光を照り返して輝く。

『到着しましたよ。ここが竜の国です』

ルーナは俺を背から降ろすと魔法陣を直下に展開し、人間の姿に変身する。

そうしてこちらの手を引いて駆け出した。

古竜の姿だと凛々《りり》しい印象が強かったが、やはり人間の姿になると幻想的な美しさがある。

さらにルーナの帰還に気がついたのか、周囲から次々に古竜が寄ってきた。

岩陰から、木々の間から、果ては水の中からも。

古竜たちは鱗の色も体格も様々だが、鱗の艶は良く、健康的に見える。

それにこんなにも多くの古竜を目にしたのは初めてで、周囲を何度も見回してしまった。

『皆の者、姫様が人間の男を連れ帰ってきたぞ！』

『あれが姫様の思い出話でよく聞いたレイドか』

『既に仲睦まじい様子。これはこれは……』

『しばらく姫様はあの人間にかかりきりかもしれぬな』

『もう……皆ったら！』

迎えに出てきた古竜たちの言葉を受け、ルーナは恥ずかしいのか少し赤面していた。

俺は思わず、くすりと笑いをこぼしてしまった。

『むぅ……。レイドまで笑わないでください。皆も冗談で言っているのですから』

「分かっているよ。でも、ルーナが古竜たちに慕われているのもよく分かった。ルーナは明るいし、俺もここの皆の気持ちがよく分かる」

するとルーナは照れたのか、一層顔を赤くしてしまった。

集まってくる古竜たちをかき分けてルーナに案内された先は、巨大な洞窟を切り出して造られた純白の神殿のような場所だった。

左右の端には柱のような彫刻が彫られ、その太さは竜の胴ほどもある。

閑静であり、壁から突き出した鉱物が発光し、内部は薄明かりに包まれている。

神竜帝国の宮廷のような煌びやかさはないが、代わりにこの場所は幻想的な美しさに包まれていた。

見惚れながら進んでいると、最奥に巨大な竜が佇んでいるのが見えてきた。

この場に他の古竜がいないとなれば、恐らくあの竜がルーナの父、竜王なのだろう。

『お父様、ただいま戻りました』

『我が娘よ。無事に戻ったか。そして……ほう、その男がな』

重々しく、肌が震えるようで心地よさも感じる声音。

眼前に鎮座する、ルーナと同じく白銀の体躯を誇る竜王は、今まで見たどの竜よりも巨大だった。

ルーナも細身ながら立派だが、竜王の体長はその倍はあろうかというほど。

頭部の角は絡んで巨大な王冠のようになっており、重厚な威厳に満ちている。

『ようこそ竜の国へ。歓迎しよう、ドラゴンテイマーの末裔にして我が娘の恩人よ。ワシはアルバーン、竜王としてこの地を治める者なり』

竜王の名乗りを受け、こちらも右膝をついて頭を下げ、神竜帝国の作法ながら無礼のないよう努めた。

「レイド・ドライセンと申します。事情は伝わっているようですが、匿《かくま》っていただき感謝します」

『うむ、楽にしてよい。我が娘の病を治癒し、帝国にて数多くの空竜たちの面倒を見てきたお主のことは、ワシとしても捨て置けぬ。……と、堅苦しい前置きはさておき。お主も疲れていよう、ひとまずゆるりと休むがよい。今後のことは、また後日としよう』

竜王が首を縦に振ると、ルーナは『こちらに』と俺を連れ出そうとする。

しかしその前に、俺は竜王へ声をかけた。

「竜王様。僭越ながら他の古竜と比べて少し鱗に艶がないようにお見受けしますが、魔力の巡りが悪いのですか？」

『実はな。……やはり帝国で数多くの竜を育てていた男には見抜かれてしまうか』

竜王は朗らかに笑っているが、竜の鱗は生命力である魔力をよく通す。

臨戦態勢に入れば鱗に魔力が通って硬化するのがいい例だ。

つまり鱗の艶がないということは、それだけ生命力が弱っているという証拠。

たとえ相手が伝説の竜王でも、ドラゴンテイマーとして弱っている竜は見過ごせない。

「失礼、少し触れます」

竜王の巨躯に近づき、四肢と翼の付け根の関節に俺の魔力を流してみる。

すると魔力詰まりという竜種特有の症状が見られたので、滞っていた魔力を俺の魔力で押し流していく。

魔力詰まりは放っておけば血管や神経にも影響を及ぼし、竜の四肢を痺れさせてしまう厄介な症状だ。

しかも竜からすれば、僅かな関節の隙間に原因があるので自力でどうにかしづらい、という難点もある。

けれどまだ初期症状なら、十分に完治が見込める。

処置を続けると、みるみるうちに竜王の鱗に生気が戻り、輝きを放つようになっていった。

『お父様の鱗の輝きが戻っていきます……！』

『これは……素晴らしいな。ワシも暇ではない故、最近は体を休める機会も少なくてな。これほどまでに体が軽いのはいつぶりか……礼を言うぞ、レイド』

「これからお世話になる身ですから。これくらいは当たり前です」

『古竜の体を治癒する技術。こんなにも凄い力が、レイドにとっては当たり前なのですね……』

ルーナの反応から伝わってくる驚きと敬意に少し気恥ずかしくなったが、ドラゴンテイマーたる者これくらいできなくては。

……帝国で似たようなことをしていたら「給料泥棒め、その程度の小技はできて当然だろう！」と通りかかった貴族や竜騎士によく小馬鹿にされたものだったが。

「驚いてくれるのは嬉しいけど、本当に当たり前だよ。帝国では給料泥棒扱いだったから」

『き、給料泥棒扱い……？　……いいえ、今、確信しました。帝国は間違いなくレイドの力を過小評価しすぎです。レイドを無能として追放したなら、どんなテイマーが有能なのか、帝国の皇帝に一度尋ねてみたい気分です』

ルーナのまっすぐなその言葉は、無能と蔑まれて追放処分を下された俺には嬉しいものだった。

……さて、それからというもの。

竜王の勧めもあり、俺はまず体を休めることとなった。

竜王の神殿を出てルーナに連れて行かれたのは、やはり先ほどと同じように洞窟を切り出して造られたと思《おぼ》しき、真っ白な部屋だった。

清潔感のある綺麗な大部屋、古竜が寝そべっても十分に余裕のあるスペースが確保されている。

さらに通気口なのか、天井にはいくつか穴があいている。

『ここは私の自室です。普段は古竜の姿で使っているので、人間からすれば大きいかもしれません。それに物がなくて少し殺風景でしょうか』

自室を見せているからなのか若干緊張気味のルーナに、俺は首を横に振った。

「いいや、むしろ綺麗でいいと思う。俺が世話をしていた空竜たちの竜舎は、寝藁が散らかり放題だったから。毎晩俺が整えていたんだ」

『そう言ってもらえると安心します』

ルーナは部屋の隅にある、草木を編んだ寝床を指した。

『普段はあそこで眠っているのですが、今はレイドもあそこでお休みください。他にいい場所もないので。その、他者が使っている寝床は嫌かもしれませんが』

「全然そんなことないよ。寝床を貸してくれるだけでも嬉しいし、少し興味もある」

前に読んだ文献によれば、古竜は希少な草木を魔力で編んで寝床を作るという。

魔力を器用に扱える古竜だからこそできる芸当とあったが、実際に目にするのは初めてだ。

荷物を下ろし、寝床にうつ伏せになって感触を確かめつつ匂いを嗅いでみると、香草も編み込まれているのか優しい匂いがした。

……けれど、途端にルーナが顔を真っ赤にして戦慄《わなな》いた。

『そ、そんなに匂いを嗅がないでください……!? 恥ずかしいですっ！』

「あ、ああ……悪かった。ちょっと気になったもんだから。でもただ匂いを嗅いでいたんじゃないぞ、少し待ってくれ」

俺は持ってきた荷物の中から薬草の一種であるネムノ草などを取り出して小瓶に詰め、手短に魔術で調合する。

『調合の魔術ですか？　しかし人間がそれを行うには、魔力の伝導率の良い魔導合金、オリハルコン製などの魔導鍋が必要と聞きましたが』

「大丈夫、慣れれば必要ないさ。魔力が材料全体に馴染めば問題ないから」

言いつつ、俺は魔法陣を展開して魔力を操作し、調合を進める。

それから完成したものを小瓶から小さな袋に移し替えれば、ルーナは頬を綻ばせた。

『心が安らぐ良い匂いです。これは一体？』

「竜をリラックスさせる効果のある、香り袋だ。香りがいいのはもちろん、俺が世話をしていた空竜たちにも好評でさ。何よりルーナの寝床に使っている香草たちとも相性がいいから、快眠になると思って。試してみてほしいんだ」

俺が寝床の匂いを嗅いだのは、ルーナの寝床に使われている草木、つまりは香草の種類を調べるためでもあった。

竜が好む香草は大抵知っていたので、匂いを嗅いで種類を把握し、相性のいい薬草を詰めた香り袋を作ってみようと考えた次第だった。

香り袋を脇に置いてルーナを寝かせてみると、彼女は瞼《まぶた》を閉じてゆっくりと呼吸を続ける。

『これは……いいですね……。呼吸が深く、落ち着いていく感覚があります。魔力の巡りも心なしかいいです』

「ネムノ草は魔力回復に優れた効果を発揮するんだ。空竜たちにはよく効いたけど、古竜にも効果があってよかった」

ルーナは寝返りを打って、こちらを見つめる。

『レイドのお世話していた空竜たちは皆、こんなに素晴らしい香りに包まれて毎晩寝ていたのでしょうか？』

「俺の世話する空竜たちにはゆっくり体を休めてほしかったから。これくらいは気を利かせていたよ」

『流石は一流のドラゴンテイマー、細かなところまで気を配っていたのですね。……お父様の体調改善の件もですが、やはりレイドはこの地に必要な人材です。ぜひ永住を検討してください』

「大げさだよ。でも他に行くあてもないから、そう言ってもらえると素直に嬉しい」

先ほど作った香り袋は、人間にとってもある程度のリラックス効果がある。

俺はそのまま横になって眠りにつき、ルーナと共にぐっすりと休むことができた。

『そういえばレイド、先ほどはバタバタしていてお聞きできなかったのですが。竜の国までついて来てくれたということは、私を相棒に選んでくれたという解釈でよいのですよね？』

時刻は昼頃、仮眠から覚めて昼食代わりの果物を口にしていたら、ルーナがふとそう切り出してきた。

甘酸っぱく瑞々《みずみず》しい果物を飲み込み、俺はルーナに返事をする。

「相棒って、いやいや。俺は竜騎士じゃなく、しがない竜の世話係だ。古竜を相棒に空を翔《かけ》るなんてあまり想像できない」

思った通りに伝えれば、ルーナは数秒硬直し、盛大にしょげてしまった。

『そ、そんな!?　……三年前に助けてくださった時からずっと、私をテイムしているのに。今更選んでくれないなんて、酷い思わせぶりです……』

「んっ、なんだって？」

聞き捨てならない話を聞いた気がして、思わず聞き返してしまった。

テイムとは対象を自分の影響下に置き、自由にできる状態を指す。

テイマー系スキルの保持者なら、魔術でスキルに応じた対象をテイムできるものだが……。

「……あっ」

記憶を掘り返して、たった今思い出した。

三年前、出会った時のルーナは体が弱っていたからか、治療してやろうと近寄った俺を激しく威嚇していたのだ。

流石に古竜に噛み付かれては、体が真っ二つにされてしまう。

だから危険と判断した俺は、弱っていたルーナを強引にテイムして落ち着かせ、治療できるようにしていた。

当時は多忙を極める帝国での仕事と並行してルーナの治療も行っていたので、別れる前のテイム解除がすっかり頭から抜けていたのだ。

『……忘れていたのですか？　治療のためとはいえ嫌がる私を強引にテイムして、縛っていたのに。その証拠に、ほら』

人間の姿のルーナが首元を見せてくると、そこにはテイムの証である竜の鱗を象《かたど》った紋章が刻まれていた。

間違いない、俺はルーナをテイムしたまま、うっかり三年間も過ごしていたのだ。

「すまないルーナ。忘れていたとはいえ気分は悪かったよな。すぐに解除する」

テイムとはある意味、隷属の首輪というアイテムを付けられた奴隷と変わらず、主人の命令にもほぼ逆らえない状態だ。

竜姫に対してとんでもないことをしていたものだが、ルーナは柔らかな表情を浮かべていた。

『いいえ、解除は結構です。このテイムは私の命を助けるためだったと理解していますから。何より古竜のテイムなんて並大抵の人間には不可能ですし、レイドほどの実力を持つテイマーにテイムされたなら不満もありません』

「そういうものか……？」

普通もっと嫌がるものだと思っていたが。

『何よりテイム状態にある現在、主のレイドが近くにいると私の力が増すのを感じます。現に大樹海でレイドを背に乗せた時、飛翔能力が数段増したように思えました。古竜は力を尊ぶ種族、今更テイムを解除されて弱体化するのも困ってしまいます。ですから……』

ルーナはずいっと寄って来て、笑顔で小首を傾げた。

『三年間も私を縛っていた責任、取ってくれますよね？』

勝手にテイムしていた上に解除せず放置していた身だ、これは断れない。

それにテイマー系スキルには確かに、魔術でテイムした対象の力を高める能力も備わっている。

何故ならテイマーとは普通、テイム対象を操って戦うものだからだ。

テイム対象の負けはテイマーの負けに直結するのだから、対象を強化できて当然と言えば当然ではある。

何より、ルーナの可愛らしい表情の裏にあった妙な圧力を感じて、俺は即座に頷いてしまった。

――さっきのショックを受けた表情を見る限り、下手に断ったらまた悲しい顔しそうだしな。

古竜は力を尊ぶ種族……テイムされても許せる理由は、きっとここに全て詰まっているのだろう。

そう考えて納得した俺はルーナの意思もあり、テイムはそのままに彼女を相棒として認めるに至った。

第三章◆猫精族《びょうせいぞく》の集落

『レイドのこれからの生活拠点を今からご案内します。きっと私の部屋よりも快適だと思いますから』

ルーナに連れられ、竜の国の奥へと向かってゆく。

北と南を巨大な渓谷に挟まれる形で存在している竜の国は、改めて眺めれば外界の者を決して寄せ付けない、正《まさ》しく秘境といえる立地だった。

道中、古竜たちがのんびりと昼寝をしたり水浴びをしたりと、思うままに暮らしている姿が視界に映る。

――フェイたち空竜たちも、ああやって広々とした暮らしをさせてやりたかったな……。

帝国の竜舎近くにも池や草原はあり、空竜たちが寛げる空間はあった。

とはいえ、外に出られるのは非番の昼間だけで、夜間や朝方は竜舎にいてもらう決まりだった。

もう少し開放的にと上に掛け合ったことも数度あったが、当時ははぐらかされて終わってしまった。

『レイド、あちらになります』

ルーナの指し示した先、城のような巨大樹の上にはツリーハウスが何軒も建てられていた。

それらは木々の枝葉と一体化したような、少し洒落た外観をしている。

また、家が寄り集まっている様は、巨大樹そのものが集落になっているようだ。

巨大樹の中央には昇降用の階段も備え付けられ、その大きさからここに住んでいるのは……。

「この国には古竜以外の種族も住んでいるのか」

竜の国というだけあって、古竜しかいないものだと思い込んでいた。

そのままルーナと共に階段を上ると、ツリーハウスの住人たちの姿が露わになる。

頭から伸びる柔らかな猫似の耳、腰から伸びるしなやかな尾。

立ち姿は人間のようだが、それらの特徴と、何より体内から発せられる人間離れした濃い魔力が彼らの種族を物語っていた。

「猫精族《びょうせいぞく》、もう絶滅したって聞いていたのに……」

猫精族《びょうせいぞく》とは、精霊寄りの獣人という不思議な種族だ。

精霊とは自然の力を司る存在であり、獣人とは身体に獣の特徴を宿した人型種族のことを指す。

彼ら猫精族《びょうせいぞく》の起源は、精霊と猫型獣人の混血が種族を構成するほどに増えた結果とされており、魔術は扱えないが魔力による爆発的な身体強化が特徴とされている。

しかし元々の数も決して多くなく年々減少傾向にあったため、近年の魔物の活発化もあり、帝国ではここ数年で絶滅してしまったとさえ言われていた。

俺も見るのは久しぶりだが、まさか竜の国で生き残っていたとは。

「あ、姫様！　今日はどうしたの？　……あれっ？　人間！　人間さんがいる！」

ルーナを見てぱたぱたと駆け寄ってきたのは猫精族《びょうせいぞく》の少女だった。

やはり猫耳と尻尾がある以外は完全に人間そのものの見た目をしている。

肩までかかる茶髪はふわりとしていて、子猫のように柔らかだと感じた。

『こちらは以前お話ししたレイドです。ここに来たばかりなのですが、竜の寝床は人間には硬いと思いまして。レイドには今日からこの集落で暮らしてもらおうかと』

「そういうこと。なら後で大人たちにも紹介しないとね。それとあたしはロアナ！　よろしくね、レイドさん！」

「レイドさんなんて、そんな堅い呼び方をしなくていいよ。呼び捨てで構わない」

こちらはこれから世話になる身なので、余計な気遣いは不要だと言外に伝えたつもりだった。

けれどロアナは尾を振ってしばらく考え「うん」と頷いた。

「分かった。ならレイドお兄ちゃんで！」

「お、お兄ちゃん……？」

お兄ちゃんなんて呼ばれた経験はなかったので、思わず聞き返してしまった。

年齢的に俺もお兄ちゃんと呼ばれたところで不自然ではないかもしれないが。

するとロアナは上目遣いで聞いてきた。

「……呼び方、だめだった？」

「大丈夫だよ、全然大丈夫。好きに呼んでほしい」

ロアナの様子から、どこか悪いことをした気分になった。

……呼び捨てでも構わないのだし、この際なのでお兄ちゃんでもいいだろう。

「ともかくロアナ、これからよろしくな」

「うん、よろしく！」

そうして互いに軽く握手をする。

明るくはつらつとしていて、話していて元気をもらえそうな少女だった。

「……ん、ロアナ。どうかしたのか？」

ロアナは握手したまま、くんくんと俺の手の匂いを嗅いでいた。

この様子だと、猫精族《びょうせいぞく》は嗅覚も鋭いのだろうか。

「お兄ちゃんから色んな竜の匂いがする。全部で軽く百くらいだけど、お兄ちゃんって一人でそんな数の竜の世話をしていたの？」

「へぇ、そんな細かく分かるのか。ロアナの言う通りだよ。神竜帝国に仕えていたんだけど、俺以外にドラゴンテイマーがいなくてさ。少しお手伝いさんはいたけど、世話をするのは基本的に俺だけだった」

「一人で百体も……！　お兄ちゃん、凄腕なんだね。姫様が連れてくるだけあるよ」

『でしょう？　私の目に狂いはないのです！』

ふふんと胸を張るルーナ。

俺も褒められて少し照れくさい気分だった。

「それに姫様の力が三年前から上がっていることにも納得だよー。こんな凄い人にテイムされちゃったんだもん」

三年前からルーナの能力が向上しているとなれば、やはり俺がテイムした影響だろう。

テイマーによるテイム対象の魔力や身体能力の向上効果は、互いが離れていても多少は機能する。

「ってなると、あたしもお兄ちゃんにテイムされたら強くなれるかな？　あたし、もっと強くなりたいからさ、試してみてよ！」

なんと、ロアナは初対面でテイムを申し入れてきた。

思わず「えっ、本気か？」と生返事をしてしまった。

……ロアナの提案に、自分の耳を疑いつつ聞く。

「たとえ強くなれても、テイムされた側は主人の言いなりなんだぞ。それはあまりよくないだろう？」

「大丈夫！　あたしも猫精族《びょうせいぞく》だし、お兄ちゃんは悪い人じゃないって匂いで分かるから！　猫精族《びょうせいぞく》は鼻がいいから、匂いで相手についても理解できるんだよ」

「匂いで分かるって言ってもな……」

だからといって、一体何がこの子をここまで駆り立てるのだろうか。

初対面の相手にテイムを求めるのは明らかに普通ではない。

「ルーナ、この子はどうしてこんなに強くなりたいんだ？」

横で困ったような笑みを浮かべていたルーナに問いかける。

『猫精族《びょうせいぞく》はこの通り、今は竜の国の庇護下で栄えているのみなのです。最大の理由は近年活発化している魔物により、元の住処を追われたためです。だからロアナは故郷を取り戻す力を欲し、日々鍛錬に明け暮れているのですよ』

「こんなに小さな子なのに……」

「そうだよ！　だから一気に強くなる方法があるなら、飛びつきたくなるのが人の……猫の心ってものでしょ？」

「ちょっとは疑ったり警戒した方がいいとは思うけどな」

ただ、事情の方はよく分かった。

故郷を奪還しようと努力している子の頼みを無下にするのも、それはそれで気が引ける。

幼心なりの勢いはあるのかもしれないが、こちらが主としてロアナに無理強いするような命令を下さなければ問題のない話でもある。

「……分かったよ。ただし俺はドラゴンテイマーだ。ロアナを確実にテイムできるとは限らないから、そこは理解してくれ」

「きっと成功するよ。竜百体のお世話に比べたら楽勝でしょ？」

「それを言われるとどうしても成功させたくなるな」

苦笑すると、ロアナもつられてくすりと笑う。

全く、ここまで期待されてはどうにかしたくなってしまう。

ここは一つ、この子の力になってあげようか。

「魔力開放、魔法陣展開」

俺は体内から魔力を放出し、ロアナの周囲に魔法陣を展開する。

半透明な燐光を放つそれの縁には、テイム契約に関わる術式が刻み込んである。

要はこの魔法陣だけで、魔導系の契約書数十枚分の情報量と拘束力を持つのである。

また、高い魔力を持つ竜をテイムできる以上、俺は理論上なら他の生物もテイムできる。

テイムでネックになるのは、テイム対象の魔力が高すぎると術者の魔力を跳ね返され、テイムが成立しなくなる点だ。

ロアナの魔力は竜ほど高くないので、ここは問題ない。

けれどテイムには他にも問題点があり、それは「命の波長」とも言える特殊な魔力の流れを相手と完璧に合わせる必要があることだ。

さらに魔法陣の一部を書き換え、猫精族《びょうせいぞく》の規格に仕上げる必要もある。

猫精族《びょうせいぞく》と「命の波長」を合わせるのはこれが初めてだが、これまで培ってきた勘と経験で成功させてみせる。

――「命の波長」は文字通りの波みたいなものだ。それが俺とロアナ、完全に一致したタイミングで仕掛ける……。

深呼吸を行い、精神を穏やかにして、頭から余計な情報を消していく。

東洋で言う明鏡止水《めいきょうしすい》のイメージで心を落ち着け、ロアナの「命の波長」を読み取っていく。

そうしてゆるりと行ったり来たりする波を掴み、タイミングを合わせ……。

――今だ！

魔力の流れが完璧に一致した瞬間、詠唱を開始。

「我、汝との縁を欲する者なり。汝の血を我が血とし、汝の権能を我が権能とする者なり。消えぬ契約を今ここに！」

詠唱の完了と同時、魔法陣が収束し、ロアナの首元にもルーナと同じような紋章が現れ、彼女との魔力的な繋がりを薄っすらと感じた。

「これでテイム完了だけど、どうだ？」

「うーんと、確かに力が湧き上がってくる感じ！　ちょっと試してみるね」

ロアナはざっくりとした所感を述べつつ、その辺から生えている、人間の腕と同じ太さほどの枝に手刀を当てる。

そのまま思いっきり細腕を横薙ぎにすると、枝がバキン！　とへし折れた。

およそ少女の体から出たとは思えない、凄まじい膂力《りょりょく》であった。

「これが、あたしの力……！　やっぱりレイドお兄ちゃん、只者じゃないよ！」

「そう言ってもらえると、俺も頑張った甲斐があるかな」

テイムの成功でロアナの身体能力も無事向上したようで、俺の魔術の腕も捨てたものじゃないなと少し嬉しくなった。

それからロアナは「暇な時があったらあたしの修業にも付き合ってね。もっともっと強くなりたいから！」と言いつつ、集落を案内するために俺を導いてくれた。

「皇帝陛下！　帝国全土の空竜たちは今や、竜騎士の操竜をまるで受け付けません。このままでは他国の侵攻を防ぐどころか、国境付近に迫りつつある魔物からも民を守れなくなります！」

「加えて空竜たちは先日の暴走から竜舎へ入れることすらままならず、ここ最近は野外での放し飼い状態にございます！　このままでは危険なのではと不安の声も上がっております」

「ええい、分かっておるわその程度！　全く、なぜこのような事態に……！」

近衛兵の助けで命からがら崩れた宮廷から逃れた皇帝は、離宮にて各所からの報告を受け、苛立っていた。

さらにいつ自室にまた空竜が押し寄せてくるのか知れない恐怖から、ここ最近皇帝は不眠症気味であった。

青ざめ、目の隈が深くなった顔で、皇帝は癇癪《かんしやく》気味に宰相や貴族の面々へと喚《わめ》いた。

「貴様ら！　それでも誇り高き帝国臣民か！　我がこれほど頭を悩ませているのだ、少しは打開策を語らぬか！」

「……畏れながら申し上げます、皇帝陛下。レイドはまだ、死体で見つかってはおりませぬ」

恭《うやうや》しく頭を下げた宰相に、皇帝は憤るような声を上げた。

「その通り。暗殺者共め、高い金を払った割にしくじりおったらしいな！　して、レイドの死体の有無が事態の収拾となんの関係がある？」

「ここは一つ、レイドが生きている前提で動いてみてはと。帝国を出奔したあの者を連れ戻し、空竜たちを黙らせるのです」

「レイドだと？　まさか貴様、レイドは空竜と会話ができるなどという与太話を信じるのか？」

宰相はため息交じりに告げた。

「此の期に及んでは信じざるを得ないかと。現に空竜が暴れ出したのは【ドラゴンテイマー】スキルを持つレイドが帝国より去ってからです。空竜共は、よほどあの男が気に入っていたと見えてなりませぬ」

「つまり何か？　レイドを追放処分とした件は非を認め、詫びを入れて連れ戻せと申すのか！」

皇帝は怒りのあまり、玉座を叩いた。

広大なる神竜帝国を統べ、神の血を引く者として生を受けた日からもてはやされてきたこの皇帝には、非を認めての謝罪という屈辱は到底受け入れ難かったのだ。

だが事態を収拾する他の方法など、この場にいる誰もが思いつかなかった。

周囲の貴族たちは宰相と同様に、この若き皇帝の癇癪に耐えかね、密かにため息をついている始末だった。

宰相は皇帝に促すように、声を和らげて続ける。

「非を認めるふりだけでもよいのです。そして空竜たちを黙らせ、改めてレイド抜きで飼育し操れる環境が整い次第……」

「ほう、今度こそ奴を亡き者にできると。ふりとはいえ、我に頭を下げさせるのだ。対価としてあやつの首程度はもらわねばなぁ」

「レイドは所詮、給料泥棒と罵られても反論しなかった臆病者。陛下の威光があれば、いくらでも言うことを聞かせられるかと」

進言した宰相に、皇帝は鷹揚に頷いた。

「よい。では皆の者、レイドを捜索せよ！　なんとしてもあの給料泥棒を連れ戻し、今まで給料を払ってやった分の仕事をさせるのだ！」

こうして皇帝はレイド捜索の命令を各方面に下すこととなったが、この会話は既に離宮付近に潜伏していた空竜たちに筒抜けになっていた。

この後数日間、皇帝は怒れる空竜たちの咆哮《ほうこう》を四六時中聞くこととなり、さらに精神を疲弊させていった。


竜の国にある猫精族《びょうせいぞく》の集落での生活を始めた俺は、ほぼ常にロアナやルーナと一緒に日々を過ごしていた。

ここへ来たばかりの俺ではあまり勝手が分からないだろうと、ルーナや猫精族《びょうせいぞく》たちが気遣ってくれたのだ。

「こっちは薪が積んであって、自由に使えるから。あ、でも火の消し忘れはだめだよ？」

「気を付ける。……あれは？」

ツリーハウスの下の薪置き場にいたら、ふと視界の端に、猫精族《びょうせいぞく》が古竜たちの世話をしている姿が映り込む。

ドラゴンテイマーとしては、興味深い光景だった。

「猫精族《びょうせいぞく》って、竜の国に匿ってもらう代わりに古竜の世話をしているのか」

「うん！　鱗を磨いたり寝床を整えたり一緒にお昼寝したり、のんびりやっているよ～！」

最後のやつは世話なのだろうか。

「でも、少し困っていることもあってね」

ロアナは首を回して、木陰の下で休んでいる古竜を見つめた。

「あたしたち猫精族《びょうせいぞく》は魔力を身体強化に回している分、魔術は全然使えなくて。だから治癒水薬《ポーション》みたいな魔法薬を調合して作れないの。だから、ほら」

ロアナが指した先には、背に痛々しい生傷のついた古竜が横たわっていた。

腹を上下させ、痛みで息を荒くしているのが分かる。

『彼は先日、狩りの最中に魔物に襲われ怪我を負いまして。あれからずっと横になっているのです。古竜は強い再生能力を持ちますから、怪我はそのうち治ると思いますが……』

ルーナは顔を曇らせていた。

猫精族《びょうせいぞく》たちが一生懸命に看病しているが、苦しそうに呻《うめ》く同胞は心配なのだろう。

それならばと俺はルーナに言った。

「ここは俺に任せてくれ。ただで衣食住を提供してもらうのも申し訳ない、力になる」

『レイド、何をする気なのですか？』

「見ていてくれ、手早くやる」

俺はポーチから乾燥させた薬草のストックを取り出し小瓶に入れ、直下に展開した魔法陣の上に乗せる。

そのまま魔力を開放して調合を開始。

魔法陣の効果で魔力の一部を水分に変換して小瓶へ投入しつつ、薬草と魔力を適切な比率で分解し、混ぜ合わせていく。

そうして調合術を起動して十秒もすれば、薬草たちは半透明な緑色の魔法薬、治癒水薬《ポーション》へと変じていた。

帝国にいた頃も、よくこうして、その場で竜用の治癒水薬《ポーション》を作ったものである。

「よし、完成」

『ええと、たったのこれだけの間に、治癒水薬《ポーション》を作ったと……？』

「そもそも治癒水薬《ポーション》って、こんなに簡単にできるものじゃないよね……？　とっても高価だし、作るのにも専用の窯で煮詰めたりするのが必要って聞いたけど……」

ぽかんと呆けた表情のルーナにロアナ。

逆に俺としては、ここまで驚かれたことに驚いていた。

「うーんと、そうなのか？　でも俺の一族は代々こうして治癒水薬《ポーション》を作っていたし、帝国では窯を使って薬草を煮る暇もなかったから。多分、大したことじゃないさ」

調合術とは便利なもので、必要な素材と調合先の物質の魔術的な組成さえ理解していれば、ある程度の物は生み出すことができる。

それに帝国での仕事量は殺人的に多かったし、調合窯でのんびり薬草を煮る暇もなかったというのが正直なところだった。

「治癒水薬《ポーション》の色合いや匂いも悪くないな。……見ていてくれ」

俺は横たわっている古竜に近づき、瓶に入った治癒水薬《ポーション》を傷口に流し込むように垂らした。

「染みるだろうけど、どうか我慢してくれ」

古竜は小さく頷いた。

そして治癒水薬《ポーション》を流し込むことしばらく、古竜の傷はみるみるうちに再生していき、鱗まできっちり生え揃ってゆく。

「流石は古竜。再生促進の治癒水薬《ポーション》もよく効くな」

再生促進の治癒水薬《ポーション》は対象が保持している魔力量に応じて効果が高まるが、古竜に使った場合は目に見えて空竜以上の効力を発揮した。

ちなみに治癒水薬《ポーション》は本来、経口摂取するものだが、こうして傷口に塗布しても使える。

苦い治癒水薬《ポーション》を飲みたくないと訴える空竜の世話もしていたので、俺が独自に改良したのだ。

彼らは意外と、味にうるさい生き物だ。

「おお……！　姫様が連れてきたドラゴンテイマー、流石なもんだなぁ……」

「あんな深い傷を即座に再生させるなんて、秘術みたいだねぇ」

周囲の猫精族《びょうせいぞく》は感心した様子で古竜の傷口があった箇所を眺めている。

『レイドは思った以上に多才ですね。私たちの想像を遥かに超える技術を習得しています』

「レイドお兄ちゃんがいれば、竜の国も安泰だね！」

「大げさだよ。でも……」

ルーナやロアナの温かな言葉が、自分の心に染み入るのを感じた。

こうして自分の働きを認められるのは何年ぶりだろうか。

どんなに頑張っても罵声を浴びせられた帝国での生活が嘘のようだった。

「……俺、ずっとこの国で暮らしたいな」

思わずそう呟けば、ルーナが反応した。

『ええ、ぜひそうしてくださいな！　私たちもレイドの力になれるはずです』

ルーナは微笑んで、ぎゅっと俺の手を握ってくれた。

そしてこれが、竜の国で永住しようと本格的に考え出すきっかけとなった。

第四章 ◆ 竜の国の困りごと

治癒水薬《ポーション》をある程度量産し、魔力回復のために休憩していた時。

作業を手伝ってくれたルーナが『レイド、少しいいでしょうか』と魔物に関する話題を切り出した。

そのまま話を聞くことしばらく。

「そうか、竜の国付近でも、大型の魔物をよく見かけるのか」

『はい。最近魔物の動きが活発化しているのはご存知の通りですが、先日のグリフォンのように竜の国にも大型の魔物が迫っているのです。これまでであれば、古竜の近くに魔物が寄るようなこともなかったのですが……』

ルーナは俺の治癒水薬《ポーション》で治癒した古竜に視線を向ける。

『レイドが治癒してくれたあの古竜も、前に言ったように、狩りの最中に魔物に襲われて負傷したのです。レイドの治癒水薬《ポーション》があれば多少の傷は問題ありませんが、それでも心配で……』

「だからレイドお兄ちゃんも、外出する時は気をつけなきゃだめだよー？」

ロアナも治癒水薬《ポーション》を保存用の瓶に詰めつつ心配そうにしていた。

「心得ておくよ。……でも竜の国付近でも魔物の動きがそんなに活発化していたなんてな」

『竜の国付近でも、となればやはり帝国でも同様だったのですか？』

「ああ。それで空竜たちが竜騎士に酷使されて、とんでもなかったんだ」

今はどうなっているか分からないが、竜舎にいたフェイたちも馬鹿じゃない。

本当にまずい事態になれば操竜術を使われる前に竜騎士を背に乗せないとか、そういう手だてを講じるだろう。

『様々な場所で魔物が暴れているとなれば、裏で何かが起こっている可能性がありますね。真っ先に考えられるのは天変地異による魔物の生息地の移動ですが、そんなものが起こるのであれば……』

「古竜であるルーナたちが真っ先に気付く」

『その通りです。そうなれば、魔物が何者かによって動きを増している……と考えるのが妥当でしょうか。今までにもそのような事件はあったと聞いています』

ルーナの言うように、魔物が何者かに操られて暴れた事件は帝国の歴史書にも残されている。

それらはクーデターであったり、報復であったり、他国へけしかけるためであったり……ともかくロクな事件でないのは間違いなかった。

『そして肝心の黒幕ですが……私の父は、どうやら魔王と睨《にら》んでいるようです』

「魔王？　魔王ってあの、魔を率いて世界を呑《の》んだ……って伝承の奴か」

魔王。それは魔を統べる王として各地で語り継がれている存在。

遠い昔に魔王は眷属たる魔族や魔物を率いて大陸全土を支配しようとしたが、とある竜騎士と神竜により封印されたと伝えられている。一説によれば、それはただの伝説ではなく史実に基づく話だと、帝国の学者から聞いたのを思い出した。

『実は私も、魔物の凶暴化は魔王が目覚める兆候ではと考えているのです。かつて魔王が現れた際にも、各地で強大な魔物が活発に動いていたと竜の国でも伝えられていますから』

「なるほど……。長寿な古竜の住む竜の国でも伝わっているあたり、魔王の伝承もあながち適当じゃなさそうだな」

人間は遠い昔の出来事を、繰り返す世代交代のうちに忘れ、いつかは喪失してしまう。

しかし長寿な古竜の間でも伝わっている話であれば、信憑性はそれなりに上がる。

「……さて、魔王の伝承についてはさておき、話を戻そう。今は竜の国付近にいるグリフォンみたいな大型の魔物をどうにかするのが急務であると」

でないと古竜たちも落ち着いて狩りができないだろう。

竜の国で世話になる以上、俺ももう少し竜の国《ここ》の力になりたい次第だった。

魔力も回復したので立ち上がると、ルーナが見つめてきた。

『レイド、どうするつもりなのですか？　何か妙案があるのなら、ぜひ教えてください』

「ざっくり言えば、テイマーらしくこの辺の大型の魔物を全部テイムしようかと。多少魔力は食うけど、これが一番賢いと思う」

提案すると、ロアナとルーナは固まった。

「へっ？　レイドお兄ちゃん、それはどういう……!?」

『無茶ですよ！　竜の国付近にいる大型の魔物を全部テイムするなんて……。相当に危険なのではありませんか？』

ロアナとルーナの勢いに、思わずたじろぐ。

……テイマーとしては当たり前の話をしたつもりなのだが、ここまで猛烈な反応を返されるとは予想外だった。

しかしこれ以上の妙案がある訳でもないので、俺は「見ていてくれ」と二人を無理矢理に納得させるのだった。

それから俺はルーナやロアナと一緒に竜の国を出て、近くの山奥へとやって来ていた。

草木をかき分けて歩くことしばらく、俺たち三人は草木の陰に隠れて様子を窺っていた。

『レイド、本当にやるのですか？　少々危険なのでは』

「大丈夫だ、早急に終わらせる」

視線の先にはグリフォンがいて、自身の嘴《くちばし》で翼を整えながら、池のほとりで寛いでいる。

奴が今日、最初の標的だった。

「レイドお兄ちゃん、魔物のテイムは普通の獣と違うって聞いたよ？　特にグリフォンみたいな強い魔力を持つ魔物は、テイムの魔術を跳ね返しちゃうって」

不安げなロアナの発言にも一理ある。

テイムはあくまで魔力を使った魔術なので、術者以上の魔力を持つ魔物であれば、テイムを無効化されてしまう可能性もある。

それがテイムのネックだとは、ロアナをテイムする際にも思ったものである。

「大丈夫。グリフォンくらい、修業時代に何度もテイムしてきた。行ってくる！」

『グリフォンを何度も!?　古竜でさえ手を焼く魔物を相手に、なんて無茶な修業を……』

ルーナはどこか呆れた表情だが、それが一族に代々伝わる修業の一環なのだから仕方がない。竜をテイムする者が、他の魔物程度をテイムできなければどうするのかと。

俺は木の陰より飛び出し、グリフォンの背後から素早く近寄る。

グリフォンは振り向き、ようやく俺の存在に気付いたようだが、此の期に及んではもう遅い。

「封印術・竜縛鎖《リユウバクサ》！」

魔力を消費して魔法陣を展開し、そこから放った四本の鎖でグリフォンの動きを封じにかかる。

グリフォンは翼を広げて逃げようとするが、鎖は各方向から迫るように奴を追いかける。

――死角からの鎖は回避しようがない。一本でも巻き付けて動きを鈍らせれば、残り三本も一気に絡みつく！

グリフォンは直下から迫った鎖に前脚を取られ、そのまま全身を鎖で縛られていく。

そして封印術は魔物の動きだけでなく、鎖で拘束した対象の魔力も封じ込める。

竜縛鎖《リユウバクサ》で魔力を抑え込んだ魔物なら、大型だろうと容易にテイム可能だ。

「我、汝との縁を欲する者なり。汝の血を我が血とし、汝の権能を我が権能とする者なり。消えぬ契約を今ここに！」

テイムの魔術を起動すると、魔法陣がグリフォンを包み込む。

そのままロアナと同じ要領でテイムを完了させれば、グリフォンの首にテイムの証である紋章が浮かび上がった。

「成功だ。二人とも、出てきていいぞ」

ルーナとロアナを呼ぶと、ルーナは大人しくなったグリフォンを、恐る恐るといった様子で撫でた。

『グリフォンを本当にあっさりと……。これではまるで、伝承に出てくるレベルのドラゴンテイマーですね。……しかしこれからどうするのですか？　遠くへ逃がすなどの措置を講じるのでしょうか』

「いいや。竜の国に敵対しないよう指示を飛ばして放置する」

「えっ。レイドお兄ちゃん、それじゃあテイムした意味なくない？」

ロアナもこちらの意図が分かっていない様子だったので、軽く説明していく。

「実はグリフォンみたいな大型の魔物は本来、それぞれの縄張りを持っていて、他の魔物は警戒してその縄張りに入って来ないんだ。だからこのグリフォンを仲間にしておけば、この辺一帯を守ってくれるって寸法だ」

『言われてみれば、同じ土地に現れるグリフォンは同一個体だった気がしますね。魔物が活発化する前は私たちでさえ、グリフォンとあまり接点がありませんでしたが……。レイドは魔物の生態についても詳しいのですね』

「一応は経験則だからな」

ちなみにこれは昔、大樹海で父さんと修業をしていた時にふと気が付いたことだ。

空竜をテイムする練習として魔物を連続してテイムしていたのだが、その時に大型の魔物は縄張り内に一体しかいないと知った。

「そんな訳で、このグリフォンにはこれからこの辺りで暮らしてもらう。グリフォン、これからよろしくな。えーと名前は……そう、フォンだ！」

『フォーン！』

首筋を撫でてやると、フォンは気持ちよさそうに目を細めた。

テイムには心を落ち着かせる効果や、【ドラゴンテイマー】スキルの能力ほどでないにせよ、互いに心を通じ合わせる力もある。

俺がフォンを傷つける意図はないと、彼も理解してくれているのだろう。

「……」

フォンを撫でていると、ロアナがこちらを見上げてきた。

「ロアナ、気になることでもあるのか？」

「うん。やっぱりレイドお兄ちゃんは凄腕のテイマーだと思ったの。でもだからこそ、なんで帝国から追い出されちゃったのか不思議だなーって」

「不思議……か」

ロアナはこう言ってくれているが、俺が給料泥棒として追放されたのは事実だ。

本当の理由はどうだったのか不明だが、今となっては知る術《すべ》もないし興味もない。

それに帝国を出たことに対し、もう後悔だってしていない。

今はこうして、ルーナやロアナのようないい理解者に巡り会えたからだ。

「まあ、俺が追い出された話は今更蒸し返しても仕方がない。ひとまずこの調子で竜の国近辺にいる大型の魔物を全部、テイムしていこうか」

『「おー！」』

それから俺とロアナは古竜の姿に戻ったルーナの背に乗り、魔物を探して竜の国付近を巡っていった。

魔物をテイムする他、休憩を挟んだり貴重な薬草を見つけてはついでに回収していったり、ちょっとした冒険のようになっていた。

……そうやって活動して半日ほど。

竜の国付近でテイムした大型の魔物はグリフォンが大半で、最終的には二十体だった。

テイムしたフォンたちが存在する限り、他の魔物が竜の国に近寄る心配もあまりないだろう。

万が一にも外部から新たな魔物が来れば、フォンたちが縄張りを侵されたものとして応戦するので、魔物の脅威は退いたに等しかった。

『まさか二十体もの大型の魔物を一日でテイムするとは……。ちなみにですが、レイドは帝国中の空竜全てをテイムしていたのですか？　今日見たレイドの技量なら、それも可能かと思いますが』

猫精族《びょうせいぞく》の集落にて与えられた、俺の部屋にて。

ベッドで休んでいると、傍らで椅子に座って寛ぐルーナがそう聞いてきた。

「そんなことないよ。それに百体以上もいる空竜全てをテイムするのは難しいかな。俺の魔力にも限りがあるから、テイム可能なのはせいぜい半分の五十体くらいだ」

「五十体って……。それってもしかしなくても、国一つを落とせる戦力じゃない？」

『確かにやろうと思えば、レイド一人で落とせるかもしれませんね』

「家族同然だった空竜たちにそんなのやらせたくないけどな」

しかしながら、死んだ父さんも空竜五十体のテイムくらいなら軽くやってのけていた。

両親以外のドラゴンテイマーを見た経験はないが、それでも五十体程度でギリギリでは俺もまだ修業不足だと思う。

「それと最大で五十体くらいテイムできると言っても、俺が帝国で長期間テイムしていた空竜はいない。テイムしてもあくまで一時的に、暴れた時とかに落ち着けるくらいだったな」

『そうだったのですか？　てっきり私のように、ずっとテイムしっぱなしなのかと……』

「それはルーナだけなんだ。本当に悪かったよ」

『構いませんよ。レイドにテイムされたからこそ、私の命は助かったのですから』

向けられたルーナの柔らかな表情に、若い男としては少しドギマギする。

実際彼女は人間の姿だとスタイルがいい上に、かなりの美人さんなのだ。

ひとまず「ルーナは古竜で相棒」と何度も心の中で唱えて落ち着いた。

『ただ、三年も放置されて悲しかったのは事実ですね。正直、テイムされっぱなしだったのでそのうち迎えに来てくれるのではと少し期待していたのですよ？　帝国の若き有能なドラゴンテイマーが、命を救っただけでなく、私とその後も親交を深めに来てくれるのではと』

「……そんなに期待されていたのか？」

「それはもちろん！　だって姫様、三年前に竜の国に戻ってからしばらくは、レイドお兄ちゃんが優しくて腕利きだったって話ばっかりで……もがっ!?」

当時の話を語り出したロアナの口を、ルーナが恥ずかしそうに赤面しながら即座に塞いだ。

『と、ともかく！　今はこうしてレイドと共にいるのでよいのです。私が困っているレイドを迎えに行った形にはなりましたが、結果オーライというやつです！　何より古竜にとって、強き騎乗者を迎えて己の戦力を高めるのは、ある種の誉れでもありますから』

「誉れか。となれば俺もルーナの相棒として、恥ずかしくないようにしないとな」

竜騎士といえば戦闘技術がものを言う職業だ。

実際、俺もその一部を密かに修めてはいるのだが……独学面が多いし、現状ではどこまで役に立つのやら。

いざとなれば得意の封印術も総動員して、ルーナに恥をかかせないようにしよう。

『相棒、やはり良き響きですね。竜とその騎乗者、互いを表すのにこれ以上ない言葉ではないでしょうか』

「姫様、レイドお兄ちゃんに助けられてからもう、ぞっこんみたいな……むにゃ!?」

赤くなったルーナがまたロアナの口を塞ぎにかかった。

……そんなふうに三人で話し込んでいると、次第に夜も更けてゆき。

こうして誰かと楽しく会話をしながら寝落ちするのは子供の時以来だなと、俺は温かく懐かしい気持ちを抱いていた。

『ほう！　レイドが魔物の脅威を退けてくれたと。これは朗報なり』

翌日、竜の国近辺の大型の魔物を粗方テイムしてきた件を報告すると、竜王は上機嫌気味に翼を広げた。

ちなみに竜が翼を広げるのは飛行時以外では威嚇の他、良い意味で感情が昂《たかぶ》った時なので、これは相当に喜んでもらえたと考えていいだろう。

それから竜王は神殿の奥から何かを取り出し、前脚に乗せて『ほれ』と渡してきた。

渡されたのは、俺からすれば一抱えもある金貨や財宝だった。

『ちと少ないかもしれんが、今回の件の褒美だ。我らの国に力を貸してくれたこと、大いに感謝する』

「匿ってもらっている身なので、これくらいは当然です。こんなにも多くの財宝は受け取れません」

『そう、己の働きを過小評価するな、レイド。働きには相応の報酬を払うのが基本だ。魔物共の横暴にこちらも大分参っていたのでな。何よりただ働きの癖がつかぬよう、自分のためと思ってしっかりと受け取っておくべきであろうよ』

諭すように竜王はそう告げた。

俺は「そう仰るなら」と報酬の金貨や財宝をありがたく受け取った。

ちなみに古竜は洞窟などに財宝を貯める習性があるそうだが、きっとこれは竜王の貯めた財宝の一部なのだろう。

「まさか、こんなにもらえるなんてな……」

『お父様の言う通り、これはレイドの働きに対する正当な報酬ですから。遠慮せず受け取ってください』

横にいるルーナもどこか嬉しげにそう言ってくれた。

帝国ではどんなに残業をしても残業代は出なかったし、自主的に働いてもそこに報酬が支払われることはなかった。

その点でも、この竜の国はホワイトだ。

『ちなみにお父様。レイドがこの調子で働いてくれるのであれば月給も支払ってはいかがでしょう？人間の金銭感覚には疎いですが、大体金貨百枚ほどでは』

『ふむ、名案だな。その程度であればレイドの寿命が尽きるまで出せる』

「いやいや、金貨百枚って……」

目の前で繰り広げられるルーナと竜王の会話に、思わず固まってしまった。

帝国での月給は金貨三十枚だったが、それでも下級貴族並みにはもらっていたのだ。

それが金貨百枚ともなれば、下級貴族を抜き去って、帝国の第一区に住んでいた名のある貴族並みである。

「そんなにいただいてもいいんですか？」

『金貨など我が蔵に腐るほどある。数百年もの間、使いどころもなく貯め続けていたのでな。寧《むし》ろ金貨百枚程度でレイドほどの実力者が我が国に力を貸してくれるのなら、ありがたい限りだ。ルーナの進言を聞き入れたいのだが、レイドも構わぬか？』

「もちろんです。何もしないのも性《しょう》に合わないので」

『では今後とも、よろしく頼みたい。……ついでに先日ワシにしてくれた治療も、定期的にやってくれると嬉しいが』

若干小声になった竜王に、俺は即座に頷いた。

「あれくらいならいつでもできますよ。お好きな時に声をかけてください」

『かかか！　ルーナよ、快いドラゴンテイマーを連れてきたな。お前の目に狂いはなかった！』

呵々大笑《かかたいしょう》する竜王と『当然です』と即答するルーナ。

こうして俺は月給金貨百枚という破格の待遇に至ったのだった。


竜王から金貨や財宝をもらった後、俺はそれらをしばらく貯めておくことにした。

猫精族《びょうせいぞく》の皆から色々と提供してもらい、欲しい物も今のところあまりないのが大きい。

何より竜の国から出て闇雲に金を使うより、ほとぼりが冷めるまではここで静かにしていた方が、帝国側からも干渉されないだろうと考えた次第だった。

「どうしても必要な物が出てきたらこっそり買いに行くのもありだけど、今は特に不自由もしていないからなぁ……はあぁ～」

かく言う俺は現在、のんびりと温泉に浸かっていた。

体中がほぐれて、何やら間の抜けた声が出た。

竜の国にはいくつか温泉が湧いていて、ここは猫精族《びょうせいぞく》が使用している温泉だ。

夜分遅くで実質貸し切り状態なので、のびのびと脚を伸ばせている。

見上げれば星明かりが輝き、結構な贅沢をしている気分になる。

帝国では湧き出る温泉は希少で、体を綺麗にするのは基本的には水浴びか、軽くシャワーを浴びる程度だったのだ。

さらにさっき猫精族《びょうせいぞく》の一人が渡してくれたお酒――一族で作る名物、マタタビ酒とのこと――を口にすると、より体が温まり気分が良くなってくる。

「帝国にいた頃はこんなにのんびりできなかったからな。竜の国はのどかで落ち着くや……」

『満喫しているようで、私も嬉しい限りです』

「……んっ？」

今、聞き覚えのある声が耳に届いた気が。

――でもここは男湯だし、流石に聞き間違いだろう。酒、飲み過ぎたかな？

そう思いつつ振り向けば、いつの間にか人間の姿のルーナが真後ろにいた。

忍び足で来たのか、湯煙もあって全く気がつかなかった。

「えーと、ルーナ。今日はもう部屋に戻ったんじゃ……？」

『レイドが温泉に入ると聞いて、やってきたのです。それに人間の殿方は女性と温泉に入ると嬉しいものだと、老竜たちから聞きましたよ？』

「老竜の皆さん、どこでそんな無駄な知識を……」

『ただ、全裸ではレイドも困るとロアナに言われたので、こうしてタオルを巻いてきた次第です』

確かにルーナは体にタオルを巻いているが、そういう問題ではない気がする。

ルーナはそのまま、ちゃぷんと温泉に入ってきた。

若干顔が赤い気もするけれど、人間の姿になった古竜は精神面も人間に寄るようなので、やはり彼女も少し恥ずかしいのだろうか。

「ルーナ、無理しなくてもいいんだぞ？」

『レイドなら構いません。相棒同士、親睦を深めるのもよいでしょう。私もレイドとのんびりできて嬉しいですし』

ルーナ本人がこう言ってくれるのなら、これ以上は野暮だろうか。

そう感じていれば『何より』とルーナは話を続けた。

『大樹海の縁でレイドが私に乗った時、自分の力がより強まるのを感じました。実はテイマーにはテイムしている対象と触れ合えば触れ合うほど、強化できる能力もあるのではないですか？』

「ああ、そういう力もあるな」

テイマーは本来、テイムした魔物を使役して戦う存在だ。

俺みたいに竜の世話に役立てている方が少数だし、【ドラゴンテイマー】スキルならぬ【ビーストテイマー】スキルを持つ人はテイムした獣と頻繁に触れ合って力を高めると聞く。

腹や背に頭を撫でるなど、ともかく常に一緒にくっ付いている者もいるとか。

『ですから私がこうして一緒にいることも合理的なのです。……お分かりですね？』

いたずらっぽく微笑んで肩を寄せてくるルーナに、思わずどきりとした。

タオル一枚のルーナを見るとやはりスタイルのよさに目がいく。

それに顔が赤くて色っぽいし、甘くていい匂いまでしてきた。

男としては悩ましい展開にも思えてくるが……。

「……ありがとうルーナ」

『……？　どうかしたのですか？』

「その、近くにいてくれるとさ。俺もなんだか落ち着くよ」

不思議と、どきりとした感覚は薄れていき、今度は安堵感が心に広がっていった。

今まで仕事ばかりで誰かとのんびり接することも少なかったからか、ルーナとこうしていると心が落ち着くのだ。

テイムしたルーナの心を感じ取って、彼女は信頼できるとはっきり分かるから、というのもあるのかもしれなかった。

『ふふっ。ではレイド。互いの合意もありましたし、しばらくこのままで』

ほんのりと顔を赤らめたルーナが、肩を寄せるだけでなく、軽くしなだれかかってくる。

しかも『普段私の背に乗っているのですから、これくらい問題ないですよね？』と上目遣いで言われてしまえば是非もない。

古竜は強さを尊ぶというし、ルーナの強化にも繋がるならと思い、俺はしばらくルーナと温泉を満喫していた。
……当然、俺自身も彼女と暫《しば》しの間、こうやって過ごしていたかったのだ。

第五章◆皇帝の襲来

「陛下、西のローグル平原から魔物の群れが押し寄せているようです！　戦線維持をしようにも空竜たちが命令を無視し、既に防衛網の端々が魔物に食い破られている状態になります」

「さらに空竜を癒す治癒水薬《ポーション》も不足し、強引に操竜術で従えている数体でさえ、このままでは……」

神竜帝国レーザリアの離宮にて各方面からの報告を聞く皇帝は、その場にいた者たちへと怒声交じりに問いかけた。

「空竜たちの命令無視は相変わらずか。しかし、なぜ治癒水薬《ポーション》が足りぬのだ？　薬草など、素材の貯蓄は十分であったはず、それがなぜ！」

「陛下。治癒水薬《ポーション》作成のために新たに雇った錬金術師共が、レイドの残した治癒水薬《ポーション》を見てこう申しております。……ここまで竜種に特化した治癒水薬《ポーション》は神懸かり的だ。こんな高度な代物を作れるとしたら、それは竜種を知り尽くし研究し尽くした人物に他ならない……と」

「つまり何か？　レイド程度が作成した治癒水薬《ポーション》が再現できぬと申すのか!?」

怒鳴り散らす皇帝に、萎縮する宰相や貴族たち。

打開策の一つも出さぬ彼らに、皇帝は罵声を浴びせる。

「ええい、貴様ら纏《まと》めてあの給料泥棒以下か！　……ヒィッ!?」

『グルルル……！』

皇帝が怒鳴り散らした直後、外から空竜の唸《うな》り声が聞こえてくる。

ここ最近ずっとそうだと、どこからか空竜が自分を睨《にら》みつけているようだと、皇帝は玉座で震え上がっていた。

あの唸り声は皇帝がレイドを「給料泥棒」などと罵るたびに発される、空竜たちの怒りの声だ。

だが、空竜を単なる知性なき魔物の一種としか捉えていない皇帝には、それが一切理解できていなかった。

「……陛下、報告いたします！」

皇帝の前に、一人の若い兵士が息を切らせて駆けて来て、彼は跪《ひざまず》いた。

「旅の者の証言ですが、先日ウォーレンス大樹海から銀竜と共に飛び立った者がいたそうです。その者の特徴はレイドと合致しており、秘境方面へ向かったとのことです」

報告を聞いた皇帝は「遂に手がかりを得たか」と呟き、ニヤリと下卑た笑みを浮かべて立ち上がった。

これまでの震えが嘘のようであった。

「皆の者！　あの給料泥棒、レイドを追うのだ！　秘境方面を捜索し、草の根分けても捜し出せ！」

――レイドさえ捕らえたなら、この帝国は元通りだ。そして奴から空竜を御《ぎょ》する術や治癒水薬《ポーション》の作成方法などの全てを聞き出し、こき使ってやろう。疲労で使えなくなれば、他国に情報を売り渡す前に今度こそ適当な理由をつけて処刑してしまえばよい。

「所詮、奴は給料泥棒。我が手から逃れられると思うな、レイド！」

この直後、皇帝は意気揚々と秘境方面への出撃命令を下した。

……しかしその会話も全て、離宮の周囲に潜んでいた空竜たちには筒抜けであった。


ある午後の昼下がり、俺はルーナからとある話を聞いていた。

「……つまり皇帝の手の者が、俺を探しているのか？」

『間違いありません。帝国の空竜たちが、咆哮と共に伝えてくれたのです。兵士共々、秘境並びに竜の国に踏み入って来る腹積もりのようです』

「帝国の空竜たちが神聖視している秘境にまで兵士を差し向けるなんてな……」

帝国の皇帝一族にも「秘境に手を出さない」という旨の古竜との盟約があると前に聞いたが、あの皇帝は先祖が代々守ってきたものまで無視するのか。

もしくは古竜など空竜と変わらないと考えているのかもしれないが、それは大きな間違いだ。

魔力面だけで言えば、古竜のそれは空竜の十数倍以上。

しかも運動能力や鱗の強度なども、先日ルーナの背に乗った際、空竜を容易に凌駕するように感じた。

このままいけば皇帝側が返り討ちに遭うものと思うが、それでも自分のせいでルーナたちに余計な迷惑をかけるのは心苦しかった。

「ルーナ、教えてくれてありがとう。なら俺は今のうちに、竜の国を……」

『出る、などと言わないでくださいね？　レイドは今や竜の国に必要な人材であり、それは全ての古竜や猫精族《びょうせいぞく》たちも知る事実。何よりあなたは私の命の恩人、レイドの窮地を捨て置くことなどできません』

そう言いきったルーナの瞳には、強い覚悟と慈しみが込められているように見えた。

「そうだよ！　レイドお兄ちゃんが困っているならあたしも助けるから。それに教わりたい竜のお世話の方法も、まだまだいっぱいあるし！」

横で話を聞いていたロアナも、おやつの果実を食べきってから勢いよく立ち上がった。

『今や竜の国には魔物の侵攻もなく、レイドのお陰で傷や病で苦しむ古竜も一気に減りました。これほどまでに竜の国に貢献してくださっている人物を放り出せば、それこそ古竜の王族末代までの恥。……ですよね、お父様？』

『うむ、左様である』

振り向けば木の陰から、初老くらいの男性が現れた。

骨太であり筋骨隆々とした体躯を東洋風の和装で包んだ、白髪の偉丈夫だ。

声音で竜王が人間の姿に変じたものだとすぐに分かった。

竜王は俺の肩に手を置き、静かに告げた。

『レイドよ、何も一人で抱え込むことはない。今やレイドもこの国の住人、ならば全身全霊を以て守りぬくのが主の務めなり。……皆の者！　話は聞いていたな！』

竜王の一声に応じ、木陰から、岩陰から、各所から次々に古竜が舞い上がった。

中には俺が傷を癒した古竜も、鱗の生え替わりを手助けした古竜もいた。

『これより我らは神竜帝国の者共を退ける！　勝手に追放しておいて今更連れ戻そうなどと、不心得にもほどがあると知らしめてやろうぞ！』

『『『ウオオオオオオオッ!!』』』

賛同する声の中には、普段から生活面で世話になっている猫精族《びょうせいぞく》のものもあった。

「古竜の皆も猫精族《びょうせいぞく》の皆も、本当にありがとう。でも、あまり無茶はしないでほしい。いざとなったら俺も魔術でどうにかするから」

そう伝えると、ルーナは首を横に振った。

『大丈夫ですよ。何せ帝国の主力は歩兵よりも空竜たちを駆る竜騎士。ですが空竜たちは皆、レイドの味方で私たち古竜にも友好的です。であれば帝国側がどういった顛末《てんまつ》になるかは、火を見るより明らかでしょう』


「ええい、くそ！　やはり山道は嫌なほどに揺れるな。レイドめ、こんな場所に逃げ込むとは！」

崖の際を移動し、岩の凹凸で大きく揺れる馬車の中、皇帝は忌々しげにレイドを罵っていた。

確実にレイドを捜し出したかった皇帝は、捜索隊を直接指揮するべく遥々《はるばる》帝国から秘境までやってきたのだ。

……周囲の者たちの反対を、普段通り強引に押し切って。

旅人の証言から、レイドは秘境方面へ向かったとされている。

加えて秘境は古竜の群生地があると皇帝一族の言い伝えにあったため、皇帝は竜好きのレイドならそこへ向かってもおかしくないと踏んでいた。

一方、皇帝と同じ馬車に乗っていた宰相は、窓から外を訝《いぶか》しげに見つめていた。

「どうした、何か気になったか？」

「その、今日はいつになく空竜たちが大人しいと思いまして。昨日までの咆哮を上げて暴れ回っていた様子が嘘のようです」

宰相の視線の先には、護衛の竜騎士を乗せる空竜たちの姿があった。

馬車を上空から囲むようにして、輪を乱さずに十騎ほどが飛んでいる。

「ふん。言い伝えによれば、空竜は古竜の縄張りでは大人しくなるそうだからな。大方、古竜たちを恐れて咆哮も上げんのだろう」

「しかし……」

宰相は唸った。

空竜たちはこの秘境に踏み入るよりも前、正確には今朝から、竜騎士の指示を聞く程度には落ち着いていた。

その変わりようが却《かえ》って不気味に思えて仕方がなかったのだ。

「……果たして、それだけでしょうか……？」

宰相は嫌な予感を覚えたものの、空竜たちが竜騎士に対して従順なのだから今はそれでいいかと考え直した。

何より今、空竜たちは竜騎士を背に乗せ、操竜術の影響下にある。

万が一にも空竜が暴れ出す兆候を見せたのなら、それに先んじて手練《てだ》れの竜騎士たちが空竜を御するだろう。

思考に耽《ふけ》って黙り込む宰相を見て、皇帝は鼻を鳴らし「臆病風にでも吹かれたか」と笑った。

「今、為《な》すべきは早急なレイドの回収。それ以外は些末事《さまつじ》である。そうであろう、アゾレアよ」

「……はい。その通りでございました、陛下。必ずや今回の遠征にてレイドを見つけ出しましょう」

「うむ。そして我にここまでさせたレイドには、たっぷりと礼を……がぁっ⁉」

皇帝が狂犬めいた表情を浮かべた直後、馬車が急停止して大きく揺れた。

馬車の外では数体のグリフォンが馬車を取り囲むように現れ、翼を広げて激しく威嚇している。

『フォーン！　フォーン！』

「馬鹿な、こんな場所にグリフォンだと⁉　……うあぁっ⁉」

さらに閃光が馬車の車輪付近に直撃したかと思えば、衝撃で崖が崩れ、馬車が落下を始めた。

「り、竜騎士は何をしておるのか⁉　我が窮地を救え！　救わぬか愚か者共！」

竜騎士たちは泡を食ったように操竜するが、先ほど出現したグリフォンの相手で手一杯になっている。

皇帝と宰相はただ青ざめた表情で、落下する馬車の座席に掴まっていた。

まるで心臓を鷲掴みにされたような感覚、彼らは高所落下による根源的な恐怖によって情けなく悲鳴を上げるほかなかった。

そして皇帝たちには、先ほどの閃光が上空から放たれた古竜のブレスであると察する余裕すら残っていなかった。


上空にて、崖下へと転落した馬車をルーナの背から見つめながら、俺は閃光のブレスを放った彼女に尋ねる。

「……皇帝たち、殺してないよな？」

『直撃は避けました。レイドに命までは取るなと言われましたからね。とはいえレイドの話を聞く限りでは、この程度で済ませてよい手合いとも思えませんが』

「そこは任せてくれ。ルーナ、俺を馬車の前に」

指示に従い、ルーナは着陸して俺を降ろしてくれた。

するとちょうど、気絶している宰相を放置した皇帝が馬車から這い出ているところだった。

ちなみに無関係の馬や御者は、落下する前にテイムしたグリフォンたちが背や前脚で受け止めたので無事だった。

「レイド、貴様こんな場所に……!?　ええい、しかしちょうどいい！　一度しか言わぬからよく聞くがいい！」

馬車から出た皇帝は立ち上がり、仁王立ちして俺を見下すようにして言った。

「貴様がいなくなった途端に帝国全土の空竜たちが指示を聞かなくなった！　き、貴様には……わ、詫びを入れたい！　共に帝国へ戻るがいい！」

誠意など微塵も感じさせない、明らかに言いたくないと雰囲気で語りつつ、皇帝は謝罪の言葉を口にした。

それを聞き、俺は即答する。

「いや、遠慮しておきます。それに俺が帝国に戻って空竜たちを落ち着かせたら、最終的に俺を殺そうと考えているのも知っているので」

「なっ、貴様!?」

図星を突かれて皇帝は固まり、弁解すらしない。

そう……全て筒抜けなのだ。

皇帝の考えは全て、帝国にいる空竜たちが聞き取り、咆哮に乗せてルーナに報告してくれたのだから。

「皇帝陛下、この際だからはっきり言ってやりますよ」

俺は一呼吸し、肺に空気を溜め、万感の思いと共に言い放った。

「――此の期に及んでいくら体《てい》のいいことを言っても、こっちは竜姫と楽しくやっているから今更遅い！　俺があんたに仕えることは、金輪際ないと知れ!!」

「レイド、貴様ァ……！」

きっぱり断られたのがよほど癪だったのか、皇帝の顔が怒りで真っ赤に染まってゆく。

さらに皇帝は愚かにも、次のように命令を下した。

「ええい、竜騎士たちよ！　あの不心得者を殺せっ！　我の意向に反するとは即《すなわ》ち、帝国への反逆である！」

竜騎士たちは空竜を、フェイたちを操竜し、こちらに向かわせようとする……だが。

『レイドを家族に襲わせようとするとは、なんと下劣な皇帝か！』

岩陰に控えていた古竜たちが一斉に飛び出し、空竜たちをがっしりと抑え込んだ。

次に古竜たちは前脚や尻尾を器用に扱い、空竜たちの背から竜騎士たちを次々に叩き落としていく。

当然、背から竜騎士が消えれば空竜たちは操竜術から解放される。

その光景に、皇帝は空を見上げて狼狽する。

「こ、これほどの数の古竜が……!?」

怯える皇帝を取り囲むようにして、操竜術から解放された空竜たちが着陸してきた。

低くざらついた咆哮を上げ、皇帝を威嚇し包囲網を狭めていく。

『さて、これでゆっくり話ができますね』

ルーナは軽やかな声でそう言ったが、古竜の姿のままでは俺以外の人間に言葉は通じず、単なる唸り声にしか聞こえない。

猫精族《びょうせいぞく》のような精霊や自然に近しい存在であれば、自然の化身である古竜の言葉を理解できるのだが……。

ともかく震え上がって漏らしている皇帝からしてみれば、ルーナの言葉はきっと脅し代わりの唸り声に聞こえただろう。

皇帝はルーナの傍らにいた俺に視線を向け、捲《まく》し立てるように喚いた。

「レイド、早急にこいつらを止めぬか！　貴様は自分が何をしているのか理解しているのか!?　これは、れっきとした謀反であるぞ！」

「謀反？　帝国を追い出された俺はもう帝国臣民ではありませんので、適切な言い方ではありませんね」

「減らず口を……！」

皇帝は歯ぎしりをして眉間に皺を寄せるが、ルーナが地面へと尻尾を打ち付けた途端にすくみ上がってしまった。

「ルーナ、俺は大丈夫だから落ち着いててくれ」

『……レイドがそう言うのであればいいでしょう』

殺気を収めたルーナを見て、皇帝は呆然とした様子で言った。

「古竜がレイドの指示で……！　クッ！　よもやここに来て、貴様が竜と話せるなどという世迷言《よまいごと》を信じる羽目になるとはな！」

「帝国にいた時から言っていたのに、信じなかったのは陛下の方でしょう」

「ならばレイド、この場にいる竜全てに今すぐ言い聞かせよ！　竜騎士の指示を受け入れ、我が帝国に仕えよと！　空竜が竜騎士の指示を受け付けなければ、帝国臣民は活発化しつつある魔物に食い散らかされてしまうぞ！　貴様の指示一つで、数万という命が生きるか散るかの瀬戸際にあると知れ！」

皇帝は相変わらず身勝手な物言いだったが、一応は民を気遣う程度の心は残っているらしいと感心させられた。

……もしくは俺に竜を操らせるための、方便かもしれないが。

俺はフェイたちの方を向き、尋ねる。

「フェイたちは今の話を聞いてどう思う？」

『ううむ、人間を守るのは構わない。今までそうやって生きてきたのだし、対価として寝床や食事も提供されている』

『でも今の皇帝の言葉に唯々諾々と従うのは、もう我慢ならん』

『レイドの頼みなら話は別だけどさ』

人間を守るのは構わないと言ってくれるあたり、フェイたち帝国の空竜はかなり寛容だった。

しかしこれまでと同じ待遇では、また竜騎士たちに無茶をさせられて体を壊すのがオチだ。

「では陛下、こうしましょうか。帝国の空竜たちの待遇改善案を俺が出すので、あなたにはそれを全て呑んでもらいます。加えて俺を二度と狙わず、秘境にも手を出さないと約束してください。それで手打ちにしましょう」

「手打ちだと？　誰が給料泥棒の指図など……ぐっ!!」

次の瞬間、皇帝は自身の真横に着弾したブレスを見て尻餅をついた。

天から舞い降りる竜王が皇帝に向かい、ブレスを放ったのだ。

ブレスの着弾点は大きく抉《えぐ》れ、人間が食らえば跡形もなく消し飛ぶのは明白だった。

竜王は人間の姿に変身し、皇帝へと告げた。

『ワシは竜王アルバーン、竜の国を治める者なり。遠い昔、神竜帝国の皇帝とは盟約を結んだが、お主はそれを破りこの地へ兵を差し向けた。許されざる過ちであるぞ。……予めレイドに止められていなければ、今頃その体は塵と化していると知れ』

「人間の姿になれる白銀の古竜……言い伝えにある本物の竜王か？　……まさか、まさかだ。我が一族に伝わる言い伝え、あれは真実であったのか……」

竜王の尋常ならざる怒気に気圧されたのか、皇帝は首を垂れた。

既に抗う意思はないものとして、俺は皇帝へと空竜の待遇改善案について語った。

体に負担をかけるブレスの発射回数の制限や、食事や休暇を増やすことなど。

俺の話に対し、皇帝はただ青ざめた顔で頷くだけになっていた。

帝国全ての空竜の待遇を向上させるのには膨大な金がかかるだろう。

けれど、この皇帝が本来空竜の世話に使うための血税の多くを、趣味の空竜購入に費やしているのは知っている。

それらの血税を本来の使い道に戻すだけで済むのだから、別段問題ないと思われた。

「くうぅ……。あの時レイドを追放さえしていなければ、こんな事態には……」

半壊した馬車に代わって、皇帝はそれを引いていた馬へと力なく騎乗した。

そうして彼が去り際にぼそりと呟いた後悔の一言は、なんともお粗末であった。


皇帝を伴い、フェイたちが帝国へと戻った後。

ルーナはどこか不満げな面持ちでいた。

『むぅ……。レイド、あの程度で済ませてよかったのですか？　レイドが皇帝から受けた仕打ちを考えれば、あまりにも軽い気がします』

「いいんだ、フェイたちの待遇改善については聞き入れてくれたから。竜にも感情や考えがあるって皇帝もこれで分かっただろうし。それに俺の件はもう終わった話だからさ」

今更、皇帝に俺を追放した件について補償しろと言ったところで、出てくるのは金銭に、帝国の領地やら爵位やらがいいところだろう。

しかし帝国に比べれば竜の国の方がよっぽど住み心地もいいし、俺は領地も爵位も要らないのだ。

『そこまでレイドがきっぱり言うなら、これ以上は私から何もありませんが……。ただ、レイドは少々人がよすぎる気がしますね』

「うんうん。あたしも草木の陰から見ていたけど、あれだけで許しちゃうなんてお兄ちゃんは優しいと思うよー？　あんなふうに言われたら、あたしなら一発叩いていたよ」

「二人が言うほど、俺もお人好しじゃないけどな」

ルーナとロアナはこう言っているが、こちらとしてはあの高慢ちきな皇帝が首を垂れて話を聞いてくれただけでも満足だった。

今までそんな経験は一度もなかったから新鮮だったし、心も晴れた。

「何より皇帝にきっぱりと今更遅い！　って話せて俺もすっきりしたよ。ルーナや竜の国の皆も、力を貸してくれてありがとうな」

『水臭いですよ。レイドは私たちに力を貸してくれたのに、逆に私たちがレイドの力になれなくてどうするのです』

「そうだよ！　あたしたち猫精族《びょうせいぞく》だってレイドお兄ちゃんの力になるために、実は武器を構えて飛び出す機会を窺っていたもん」

ロアナは穏便じゃないことをさらりと語りつつ、手にしていた棍棒を掲げていた。

……流石は幼くても力自慢の猫精族《びょうせいぞく》。

棍棒の先端の太さは丸太ほどであり、長さはロアナの身長と同程度であった。

俺を庇ってくれる思いは心強くはあったけれど、希少な猫精族《びょうせいぞく》が竜の国で生きているとあの皇帝に知れれば面倒な事態になったのは間違いない。

ロアナたちがあの場に出てこなくて何よりだった。

「……ともかく、これで皇帝とのいざこざも一区切りついたし、いよいよこれからだな」

帝国であった追放事件も、もう気にする必要はない。

頼れるルーナたち古竜やロアナたち猫精族《びょうせいぞく》と一緒に、この竜の国で本格的に新たな生活を始めていくのだ。

これから竜の国で何をしようか、そんなことを思い描きながら、俺たちは帰路についた。

第六章 ◆ 水精霊《すいせいれい》の少女

「ルーナ、明日は買い出しにイグル王国まで行こうと思うんだ。ここから帝国に行くよりは近いからさ」

ロアナの家で食事――マタタビパンに塩で味付けした干し肉と新鮮な野菜を挟んだもの――をいただきながら、俺はルーナにそう切り出した。

イグル王国は竜の国から見て北にあり、その王都ファルカは物流も盛んな都市でもある。

皇帝とのいざこざも終わって暗殺者に狙われる心配もなくなった今、そろそろ竜の国を出て買い出しに行ってもいい頃合いだと考えた次第だった。

ちなみに買いに行く物は、竜の国に自生していない薬草などだ。

帝国から持ってきたものは粗方使ってしまったので、そろそろ新たな治癒水薬《ポーション》を作るためにも購入する必要があると考えていたのだ。

他にも竜の国近辺で手に入らない調味料なども欲しかった。

『それなら私も同行して構わないでしょうか？　実はあの王国には一度、行ってみたいと思っていたのです』

「あたしも行きたーい！　ちゃんと耳は隠していくから、安心して？」

ロアナはどこからか毛糸帽子を取り出し、すっぽりと頭の猫耳を覆った。

猫精族《びょうせいぞく》だと分かれば悪目立ちするかもしれないと、ロアナもよく分かっているのだろう。

「二人が来てくれるなら、俺も心強いよ。明日はよろしくな」

「うんっ！　あたし、人間の国に行くのは久しぶりだからとっても楽しみー！」

『ロアナ、あまりはしゃぎすぎてはいけませんよ？』

勢いよく立ち上がりかけたロアナが、その勢いで手を引っ掛け「ひゃっ!?」とテーブルをひっくり返しそうになった。

俺はテーブルを両手で押さえつつ、明日は賑やかになりそうだなと苦笑した。


鳥の鳴き声が澄んだ外気を渡る翌朝、俺は猫精族《びょうせいぞく》の皆から防寒具を借りて着込んでいた。

北方のイグル王国は雪国であり年中北風が吹くので、ルーナに乗ってそちらへ飛ぶとなれば防寒対策は必須だった。

元々、竜の鱗で手足を切らないよう衣服や靴は分厚い物を着用しているが、その程度では防げないのがイグル王国の寒波である。

それらの準備を整えた後、古竜の姿になったルーナの背に乗った俺とロアナはイグル王国に向けて出発した。

ちなみに金銭についてだが、元々の手持ちがある程度残っていたのと、竜王からもらった金貨もある。これで自由に買い物できるし、ルーナやロアナも欲しい物があれば購入できるだろう。

『ずっと竜の国にいて、レイドも少し窮屈な思いをしているのではと心配していたのです。この外出がいい気分転換になれば何よりですよ』

「ありがとうルーナ。でも気分を変えなきゃいけないほど悪い思いはしていないさ」

ルーナの気遣いはありがたいが、竜の国での生活は帝国に比べたら天国みたいなものだったので、別段窮屈でもなかった。

「ただ、たまには人間の街で食べ歩いたり、必要な道具や素材も揃えたかったから。いい機会なのは間違いないかな。それに二人と一緒に出かけられて俺も楽しみだ」

「そりゃあたしたち、お兄ちゃんにテイムされている身だもん。テイムされた側はテイマーの身を守るために四六時中一緒にいるって聞いたよ？」

『それにレイドと一緒にいる時間が長いほどテイムされた私たちの力が増すのも、はっきりと分かるようになってきました。ですからこうして共に遠出をするのも、十分必要な行為なのです。……決してあなたと一緒に遊びたい、という思いのみではありませんよ？』

生真面目なルーナは予防線を張っているつもりなのかもしれないが、却《かえ》って心の声がだだ漏れの状態になっていた。

微笑ましさを感じていると、雪を被って白くなった山々を越えて人里が見えてきた。

「もう少し飛ぶと王都ファルカが見えてくる。ある程度近づいたら、人目につかない場所に降りよう」

『了解です、レイド』

俺がルーナたち古竜に慣れていると言っても、世間で古竜は幻の存在に違いない。

希少な猫精族《びょうせいぞく》のロアナもいるし、あまり目立たない方が王都でも活動しやすいだろう。

ルーナは頼んだ通り、王都近くの山の中へ降りてくれた。

それから彼女は普段通りに人間の姿になったのだが……。

『ううっ、想像以上の寒さです……！　古竜の姿では問題ありませんでしたが、人間の姿だとこれは……!?』

ルーナは体を小刻みに震わせていた。

人間の姿になると、ルーナの服装は薄いものになってしまう。

前に理由を聞いたところ『古竜の姿では衣服を纏《まと》わないので、人間の姿でも厚手のものを着ると少し違和感があるのです』と言っていた。

しかし、このままではルーナが凍えてしまう。

そこで俺は荷物の中から、一応と思い持ってきた予備の防寒着をルーナに手渡した。

「ルーナ、これを」

『レイド、ありがとうございます。……ふぅ、落ち着きました……』

防寒着を手早く纏ったルーナは吐息を漏らした。

この状況では彼女も厚着を嫌がりはしなかった。

雪化粧の針葉樹の森を抜け、そのまま歩くことしばらく。

『ここが王都ファルカ、活気のある街ですね』

「うん、人もいっぱい……！　こんなに寒い場所でも沢山の人が住んでいるんだね」

大門を抜け、イグル王国の王都ファルカに入ると、ルーナやロアナは瞳を輝かせてあちこちを見回していた。

二人からすれば人間の街が珍しいのだろう。

「レイドお兄ちゃん。街中に魔物がいるけどいいの？」

ロアナが指した先では、行商たちが馬などの代わりにシムルグという鳥型の魔物に荷車を牽《ひ》かせていた。

シムルグは鳥を人間の倍以上の体長にまで巨大化させたような鳥型の魔物で、温厚な性格の魔物として知られている。

「神竜帝国レーザリアが空竜に支えられているように、イグル王国はシムルグたち鳥獣型の魔物に支えられているんだ。ここは北国だから、空竜たちは寒すぎて動きが鈍るけど、羽毛に覆われたシムルグたちならその心配もないしな」

「おぉ～、レイドお兄ちゃんは物知りだね！」

「帝国にいた頃に仕事で何度か来たから、その時に知って……んっ？」

くぅ、と音が聞こえたので振り向くと、ルーナが顔を赤らめて腹を押さえていた。

『……すみません、屋台から香ばしい匂いがしたもので』

「ああ、串焼きとか売っているもんな」

それにずっと飛び続けて、ルーナも体力を消耗したのだろう。

王都ファルカはシムルグにより物流が盛んな分、各地から様々な食べ物も集まってくる。

故にこの街は食べ歩きも名物の一つになっていたりする。

俺は屋台の一つに近づき、店主に銅貨を数枚渡した。

「猪肉のタレ串焼きを三つお願いします」

「はいよ……おっ！　あんた、綺麗な嬢ちゃんを二人も連れているね。ちょっとおまけしとくよ」

気のよさそうな中年の店主は金串に刺す猪肉を少し多めにして、俺たちに渡してくれた。

「ありがとうございます。ほら、ルーナにロアナ」

二人に串焼きを渡すと、ルーナは小さな口でぱくりと齧った。

その直後に頬を弛緩させ、幸せそうな表情になった。

『美味ですね、竜の国にはない味わいです。人間の食べ物は味付けが濃くて好みです』

「……」

感想を言うルーナの傍ら、ロアナは食べるのに夢中で無言になっていた。

よほど美味しいのだろう。

俺も湯気の立ち上る串焼きを一口食べると、タレの甘みと肉汁が口いっぱいに広がった。

獣肉特有の癖のある味は濃厚なタレで消されており、香ばしさと旨味がよく伝わってくる。

「うん、濃い味付けもイグル王国らしくていいな」

『レイドのいた帝国では違ったのですか？』

「帝国の料理は少し薄味だったからな。それに寒い土地の料理は味付けが濃い傾向にあるらしい。……これを食べ終わったら買い物に出よう。早めに買い物を終えれば、日が沈む前に竜の国に帰れるはずだ」

金串を店主に返して歩き出し、そのまま近くの露店を物色してゆく。

この辺りは市《いち》のようになっており、吐息が白くなるほどの気温ながら、人々の温かな賑わいがある。

そこで竜の国に自生していない薬草を購入したり、乾物になっている果物、目当ての調味料などを買ってゆく。

他には衣服なども買い込み、ルーナやロアナに小物を贈ってみたりなどなど。

「……結構買えたな。これ以上は持てないや」

「うん！　いっぱいお買い物できてあたしも楽しかった！」

両手に荷物を抱え、そろそろ引き上げようかと考える。

この辺一帯の気候は変わりやすいし、強く吹雪いたら帰りに支障が出るかもしれない。

そう思いつつ王都の外へと向かっていると、横の路地から誰かが飛び出してきた。

「……きゃっ⁉」

「おっと」

両手が塞がっていたので腹や胸で受けると、飛び出してきた人物の正体は小柄な少女だった。

外套に付いているフードを深く被っているが、顔が近かったので目鼻立ちなどがよく分かった。

真っ白な肌に、流れる清流のような青髪。

少し尖った小さな耳と、人間離れした可愛らしい顔立ちから、多分エルフ系の血を引いているのではないかと察せられた。

でも、外界を嫌い森の奥で引き籠もっていると聞くエルフの血筋の人物が、なぜこんな街中に。

……その理由は少女の首元を見てすぐに分かった。

――なるほど、隷属の首輪か。

少女の首には、奴隷の証とされる隷属の首輪が嵌まっていた。

この首輪を嵌められた者は、首輪の主に逆らえなくなってしまう。

イグル王国では大罪を犯した者は奴隷に堕とされるそうだが、この子は一体何をしたのか。

そう思っていると、少女は近くにいたルーナに視線を向けて、不思議と「あっ」と声を出した。

少女の表情は驚きに満ちており、次いで俺とルーナを交互に見ていった。

そして何を思ったかこう言い出した。

「お願い、匿《かくま》って……！」

「ええと、匿ってと言われてもな」

少女は必死そうで、美貌に反して服や外套《がいとう》が泥で汚れているあたり、明らかに訳ありだ。

一体何事かと思っていると、路地裏から慌ただしく男たちが駆けてきた。

「待ちやがれクソガキ！　逃げ切れると思うなぁっ！」

少女へ怒鳴り散らしている男たちの様子は明らかに穏便ではない。

男の一人はこちらの顔を見るや、腰に鞘ごと差してある剣の柄《つか》に手をかけた。

「おい、あんちゃん！　とっととそのガキ返せや。痛い目見たかないだろう？」

「……鼻にピリピリくる匂い。レイドお兄ちゃん、多分あの人たちは悪い人だよ」

ロアナは男たちを睨《にら》んだ。

猫精族《びょうせいぞく》は他人の感情や心が匂いで分かる種族だ。

ロアナがこう言うなら間違いないのだろう。

『レイド、この場はその少女を助けてあげませんか？』

「なんだかこの子を引き渡しても、ロクなことにならなさそうだしな。……乗った！」

俺は魔力を開放し、魔法陣を展開した。

そのまま近くで水を飲んでいたシムルグ二体を素早くテイムし、影響下に置いて指示を飛ばす。

「あいつらを蹴散らしてくれ！」

『ヒューン！』

「なっ、この鳥共が……があぁ!?」

男たちは暴れるシムルグに蹴散らされ、跳ね飛ばされてしまった。

温厚な性格ながら、突進すれば小屋程度なら簡単に砕いてしまうとされるシムルグの脚力だ。

男たちはシムルグの相手で手一杯と見える。

「さあ、こっちへ！」

「あっ……！」

この隙に力持ちのロアナに荷物を渡し、俺は少女を抱え、その場から離脱する。

去り際にシムルグ二体のテイム解除も忘れない。

……三年前の教訓はしっかりと活かされた。

「ああやってテイムを解除すれば、俺がシムルグたちを使役していたって証拠も残らない。心置きなく逃げられるな」

『近くのシムルグを利用するとは、よいアイディアだったかと。テイマーらしい戦い方でしたね』

白い街中を駆けながらルーナと会話をしていると、少女は目を何度か瞬かせた。

「……あなた、テイマーなの？　竜騎士じゃなくて？」

「ああ、俺はテイマーだ。どうして竜騎士だと思ったんだ？」

もしや帝国で、俺が空竜と一緒にいるところでも見ていたのか。

そう思っていると、少女は予想の斜め上の言葉を放った。

「……あなたの横のお姉さん、古竜でしょ？　雰囲気で分かるから」

なんと、少女はルーナの正体を看破していたのだ。

それで古竜と一緒にいた俺を竜騎士だと勘違いしたのか。

「勘の鋭い種族なら、こういうのもあり得るのか……？」

エルフのような精霊に近い種族は、相手の魔力を色などの視覚で確認できると聞く。

恐らくはそれによってルーナの正体を看破したのではなかろうか。

——今はひとまず落ち着ける場所を探して、この子から事情を聞かなければ。

俺は路地を何度も曲がって、男たちを撒《ま》いたと判断したタイミングで立ち止まった。

一息ついて抱えていた少女を降ろし、彼女に尋ねた。

「さて、どうして俺に匿ってくれなんて頼んできたんだ？」

「……竜騎士だと思ったから。竜騎士は治安を守るものって聞いたの」

「それは神竜帝国での話だな。イグル王国には基本的に竜騎士はいないから。君、元々帝国で暮らしていたのかい？」

「……違う。でも私と暮らしていたお爺さんは、帝国の竜騎士と知り合いだった。だから色んな話を聞けたし、困ったら竜騎士を頼れと言われたの。それと……」

少女は感情の起伏があまりなさそうな瞳で見上げてきた。

「……私の名前、ミルフィ」

「分かった。俺はレイドだ、それでこっちにいるのはルーナにロアナだ」

軽く自己紹介を済ませてから、本題を切り出す。

「それで肝心な話なんだけど、どうしてエルフの血を引く君がイグル王国で奴隷に？　エルフって基本、森の奥に住んでいて他種族と交流は絶っていると聞いたけど」

「……攫《さら》われてきた、さっきの男たちの手で。私と一緒に暮らしていたお爺さんが亡くなってからすぐに。……もう一年くらい前」

「そっか、それで隷属の首輪が嵌められているのか……」

要するに奴隷として捕まり、必死に逃げた先で俺たちを見つけたという顚末《てんまつ》なのだろう。

「……それに訂正、私はエルフじゃない」

『あらっ？　しかしその耳は』

ルーナが問いかけると、ミルフィは自身の髪に触れた。

「……たまに間違えられるけど、私は精霊の血筋。この青髪が示すように、水精霊《すいせいれい》」

「精霊だって？」

思わず聞き返してしまったが、精霊といえば、世間では古竜並みに珍しい幻の存在だ。

その起源は炎や水、大地などの意思が魔力を纏ってこの世に現れたものとされ、この世で最初に知性を得た種族とさえ言われる場合もある。

また、炎や水がこの世から尽きないのと同様、その化身である精霊も悠久を生きるとされるほどの長寿らしく、それにより同族を増やす必要がないため、元々の数は古竜以上に少ないのだとか。

だからこそ人によっては実在を疑うほどの存在であるし、俺もこうしてお目にかかるのは初めてだ。

何せ純粋な精霊もまた、帝国では猫精族《びょうせいぞく》同様に絶滅したとさえ言われていたのだから。

そうやって諸々を考えていると、ミルフィは疑われていると感じたのか、不満げに頬を膨らませた。

「……水精霊《すいせいれい》である証拠を見せる」

ミルフィは合わせた両手の中に魔力を集中させ、水を生成した。

……ここで驚くべきはこの一連の流れの中、魔法陣が全く生じなかった点にある。

それはつまり、ミルフィが魔術を行使していなかった事実を示している。

「魔法陣のない魔力の行使。魔術以外の力……魔法か」

俺の扱うテイムに封印術、さらには竜騎士の操竜術などは全て、魔力消費により魔術の設計図であ

る魔法陣を展開して起動し、その結果として魔法陣通りの魔力の働きを魔術として世界へ出力しているものだ。

当然ながら魔力を魔法陣を通して魔術として変換する際には魔力のロスも生じ、その変換率は百パーセントとは言えない。

けれど世の中には今のミルフィのように、魔法陣なしで魔力を直接自分のイメージ通りに、それも変換率を限りなく百パーセント近くにして扱える力がある。

それは魔術ではなく魔法と呼ばれるもので、基本的には精霊のような自然に限りなく近しい存在にしか扱えないと、帝国図書館の文献には記されていた。

「確かにミルフィは精霊で間違いないらしい。それに攫われた訳もよく分かった」

魔法が使える希少種族の精霊、オークションや奴隷の密売に出せば高値で売れるだろう。

ミルフィの方も俺が納得したからか、機嫌を直してくれていた。

「諸々が分かった今、ミルフィをどうするべきか」

「この子、匂いも淀んでいないし澄んだ感じがする。きっと助けても大丈夫だよ？」

ロアナは鼻をすんすんと鳴らしてミルフィの匂いを嗅いでいた。

彼女がこう言うなら信用できるし、そうなればだ。

「ミルフィを竜の国で匿うのはどうだ？　ルーナに乗って飛んでいけば男たちも追って来られないだろうし」

『私もそうしようかと考えていました。ここで巡り合ったのも何かの縁ですから。もしくは故郷へ送り届ける手もありますが』

ルーナの提案に、ミルフィは顔を曇らせた。

「……できれば、一緒に連れて行ってほしい。元々住んでいた場所に戻っても、もう誰もいないから……」

ミルフィは自分の生い立ちについて少しずつ語ってくれた。

水精霊《すいせいれい》の一族は元々数が少なかったのに、住んでいた里は魔物の襲撃で滅んだこと。

そして最後に残った水精霊《すいせいれい》がミルフィで、物心ついた頃に人間のお爺さんに拾われて育てられたこと。

けれどその人は一年前に寿命で亡くなり、それから男たちに捕まり奴隷として扱われていたこと。

「こういう事情なら、やっぱり竜の国に連れて行くしかないとあたしも思うな。でも隷属の首輪はどうしよっか……？」

ロアナは小さく唸って「力任せに壊すのは……ちょっと無理かぁ」と呟いた。

この首輪がある限り、ミルフィは首輪の主の指示に逆らえないし、魔力だって大半を抑えられている。

さっきみたいに、水を少し生成するのが関の山だろう。

「隷属の首輪はどうにか外さなきゃな。これにはいざとなったら奴隷の首を絞めて殺す機能も付いている。ミルフィの希少さを考えればそう簡単にはできないだろうけど、下手に逃がすくらいなら殺そうって考えるかもな」

「……そ、そんな……！」

ミルフィは震えて縮こまってしまった。

この機能はミルフィも知っているかと思ったが、知らずに逃げてきたのか。

「大丈夫だ、俺に考えがある。ちょっとミルフィは嫌かもしれないけど許してくれ。痛くはしない」

「……この首輪が外れるなら、なんでもいい」

ミルフィの同意を得られたところで、俺はテイムの魔法陣を展開した。

即興で魔法陣を書き換え、ミルフィの魔力の波長から逆算して規格を精霊用にする。

テイムも隷属の首輪も、主人に逆らえなくなるという点では同じだし、効果特性も似たようなものなのだ。

それならば、後の話は簡単である。

隷属の首輪以上に強い魔力でミルフィをテイムして、ミルフィの主人を俺へと強引に書き換えて首輪を外してしまえばいい。

弱い魔力は強い魔力に上書きされる、これが魔術の基本にしてこの世の理《ことわり》だ。

「我、汝との縁を欲する者なり。汝の血を我が血とし、汝の権能を我が権能とする者なり。消えぬ契約を今ここに！」

三年前、暴れていたルーナをテイムした時と同等の大魔力を放ってテイムの魔術を起動する。

するとミルフィの隷属の首輪が抵抗したのか紫電を発したので、こちらの魔力で強引に抑えつけた。

後は隷属の首輪の効果を押し切り、テイムを成功させるのみ。

「古竜のテイムに比べたら、隷属の首輪程度がどうした……！」

魔法陣を二重に展開し、効力の底上げをしにかかる。

魔力消費は馬鹿にならないほど跳ね上がるが、テイムの失敗よりは幾分ましだ。

主従関係の上書き、隷属の首輪からの魔力遮断、こちらからミルフィへの魔力流入など。

これら全てを魔力と経験、勘を総動員して並行して進めていく。

最後に魔術の輝きがミルフィの体へ収束した時には、首元にテイムの紋章が刻まれた代わりに、隷属の首輪はその効果を完全に失っていた。

ミルフィの主人が俺になったことで、首輪は真っ二つになりカシャンと外れる。

「……凄い、首輪がこんなにあっさり……！」

ミルフィは軽くなった首元を何度も両手で触った。

「……古竜を従えるドラゴンテイマー、想像以上」

ミルフィは安心した様子だったが、次の瞬間に聞こえてきた怒声に身を震わせた。

「捜せ！　あの精霊のガキはまだ遠くへ行ってないはずだ！」

「今の大魔力、精霊のガキが何かしたのかもしれん。侮るなよ、お前ら！」

「まずい、このままだと見つかる」

奴らは明らかに荒事慣れしている様子だ。

次に見つかったら近くのグリフォンをテイムする間もなく、即座に斬りかかってくるに違いない。

「仕方ない。こうなったら俺があいつらの足を止める、ルーナはロアナとミルフィを連れて先に

『……！』

『いいえ、この際だからここから飛んでしまいましょう』

「……へっ？」

ロアナが間の抜けた声を出した途端、ルーナは眩い閃光を放って古竜の姿に戻っていた。

『少々目立ってしまいますが、このような事態ですから致し方ないと思いませんか？』

「同感だ」

しばらくイグル王国に近づかなければ、今目立ったところで特に問題はないだろう。

帝国の件も片付いたし、俺がイグル王国にいたと周囲に知れても構わない。

「街中に竜だと⁉」

「しかも四足歩行って……まさか古竜か！」

路地裏ではあるものの、街中でルーナが変身したことで騒ぎが一気に広まっている。

先ほどミルフィを追いかけていた男たちはこちらを見つけたものの、唖然《あぜん》とした様子で俺たちを眺めていた。

「あのガキ、竜騎士のところに駆け込みやがったのか！」

「くそっ、飛ばれちゃ追えねーぞ……くっ⁉」

ルーナの羽ばたきによる風圧で、ミルフィを追っていた男たちは吹っ飛ばされていく。

さらにロアナが「えーいっ！」とその辺に積んであった丸太を掴み、軽々と男たちへ放り投げていった。

……明らかにロアナの背丈を越える長さの丸太だが、流石は猫精族《びょうせいぞく》、幼くてもとんでもない怪力だ。

俺たちはそのままルーナの背に飛び乗り、一気に上空へと舞い上がった。

「目的の買い出しも終わったし、満足だな」

『ミルフィも救えましたしね。こうやって正体を晒《さら》すなら、私としても悪くない気分です』

高速で竜の国へ帰還するルーナの背の上で、俺は抱えているミルフィをちらりと見つめた。

ミルフィは空の旅は初めてなのか「……高い！」と感激したように呟いていた。


ミルフィを連れて竜の国へ戻った俺たちは、竜王にイグル王国での出来事を伝えた。

それを受け、竜王は深く頷いた。

『ふむふむ、そうか。ではルーナにレイドよ、そのミルフィという水精霊《すいせいれい》の面倒をしっかりと見てやるといい。猫精族《びょうせいぞく》の承諾を得られれば、彼らの集落で共に暮らすのがよかろう』

「その、構わないのですか？　勝手に連れてきた分、お叱りを受けると思っていたのですが」

尋ねると、竜王は口元を上げて不敵に笑ってみせた。

『古竜とは強き者。強き者は弱き者を守護するのが世の道理よ。精霊も古竜も同じく希少な種族同士。困っているなら助けてやるのが人情ならぬ竜情であろう』

「分かりました、ありがとうございます」

こうして竜王からミルフィが竜の国に滞在する許可を得た俺とルーナは、神殿の外で待たせているミルフィとロアナのところへ向かった。

夕焼け色の空の下、二人は池のほとりでのんびりと談笑しつつ、ミルフィが水を練ってあれこれと芸を見せていた。

「ミルフィ凄い！　あたしも魔術とか魔法とか使ってみたいなぁ～」

「……猫精族《びょうせいぞく》は魔術が使えない分、力が凄いと聞いた。私からすれば、そっちの方が羨ましい」

「そうなの？」

ロアナが聞き返すと、ミルフィは服の裾を握って答えた。

「……私が強ければ、捕まらずに済んだ。精霊なのに不甲斐ない、へっぽこ」

やはりミルフィも奴隷として捕まっていた件には思うところがあるのだろう。

彼女は俯いていたが、俺が来たのに気付いて顔を上げた。

「……だからレイドには感謝している。へっぽこな私が頑張っても、あの首輪は外れなかったから」

「へっぽこって、そんなことないさ。誰だって最初は弱い。これから強くなっていけばいいじゃないか。しがない竜の世話係な俺だって協力するから」

俺も魔術を扱えるし、ミルフィの修業相手くらいにはなれる。

「……ありがとう。そう言ってもらえると嬉しい……あっ」

ミルフィが話していると、くぅ、と小さな音がした。

もしやと思い、音の主の方を見ると……。

『……すみません。やはり片道分の距離でも、イグル王国ほど遠くへ向かうと体力をそれなりに消耗するようです』

思えばルーナはイグル王国に着いた時も腹を鳴らしていた。

片道でも数時間は飛び続けていたのだから、帰りだって相当に体力を使ったに違いない。

「竜王様にミルフィの件も話してきたし、そろそろ夕食にするか。それにミルフィの服も猫精族《びょうせいぞく》の皆に頼んで替えてもらおう。今の服も洗ったり縫ったりしないと」

ミルフィは隷属の首輪を嵌められていた間、かなり乱雑に扱われていたらしく、服も所々が泥や埃《ほこり》で汚れ、端は切れていた。

擦り傷も手足の各所に見え、そちらも手当てをしなくては。

「……レイド、ありがとう。魔力供給も含めて、感謝しかない」

「んっ、魔力供給……ああ。テイムしたから俺の魔力がミルフィに流れているのか」

テイマーはテイムした対象を強化するため、自動的に魔力を供給する力も持つ。

ただし量は少なく、俺の活動に支障が出ない程度だ。

それでもミルフィとしては嬉しく思ってくれている様子だ。

「……精霊は魔力の塊だから、魔力を供給されると調子もよくなる。今、久々に悪くない気分。テイムもこのままでいい」

「分かった。ミルフィがそう言うならテイムは解除しないでおくよ」

この日の晩は夕食後、ミルフィの身の回りを整えていった。

ミルフィの顔色も出会った当初よりよくなっていき、俺としても一安心だった。

第七章 ◆ 魔王軍の四天王

イグル王国での出来事からそれなりの日数が経ち、ミルフィも竜の国での生活に慣れてきた頃。

「ふんっ！」

「せいっ！」

ロアナとミルフィは修業だと言い、目の前で半ば日課になりつつある手合わせをしていた。

ミルフィが水で作り出した防壁を、ロアナの小さな拳が力技で砕く。

バシャン！　と水が爆《は》ぜて粉々になるが、直後にミルフィが水弾を生成して射出。

ロアナがそれを宙で一回転して回避し、距離を取る。

「これは……子供の手合わせじゃないな」

薬草と香草の汁を染みこませた布で古竜の鱗《うろこ》を磨きつつ呟けば、その古竜も『同意だよ』と首肯した。

『しかしレイドさん。あんたの歳も彼女らと少し離れている程度では？』

「古竜からすればそうかもだけどさ。だからって俺があの子たちくらいの頃、あそこまでアクロバティックな修業や手合わせはしていなかったなぁと」

二人を見守っていると、ルーナが息を切らせて駆けてきた。

『レイド、至急共に来てほしいのですが構わないでしょうか』

「どうかしたのか？」

『竜の国のすぐそこまで、魔物の群れが迫っています。聞けば群れを率いている者は、魔王軍四天王と名乗っているとか』

「魔王軍四天王……？　奴らって実在したのか」

四天王。魔王直属の配下にして最精鋭とされる四人の魔族。

かつては魔王と共に大陸中を荒らし回り、壊滅状態にまで追いやったとされている。

魔王が封じられた後、しばしば四天王を名乗る何者かが世の裏側で暗躍していた、と神竜帝国のとある歴史書では語られていた。

けれど魔王と同じく半ば伝承上の存在とされているので、その実在を疑う者は多い……というより、俺もその内の一人だった。

そもそも魔族という種族自体、魔物でも精霊でもなく、獣人のような亜人種でもないとされており、そんなあやふやな連中が本当に存在するのかという話なのだ。

そんなところもあり、魔族は古竜や精霊以上に情報が少ない未知の種族であるのだが……。

「最近魔物が活発化しているのは魔王復活が近いからかもって話を少し前に聞いたばかりだしな。四天王も魔族も嘘っぱちや偽物とは一概に言えない気もする。……よし、その四天王が本物かどうか拝みに行ってやろう」

『一緒に来てくれるなら心強いです、ぜひ』

古竜の姿となったルーナに跨り、狭い渓谷を抜け、一気に竜の国を飛び出した。

その際、ルーナの提案で俺たちは魔物の群れが迫っている方向とは逆側から竜の国を出た。

要は真正面からの迎撃は既に出張っている古竜に任せ、俺たちは後方から回り込んで挟み撃ちにしてやろうという算段だった。

山々を遮蔽物にして素早く魔物の群れの後方に向かい、上昇して雲に隠れて様子を窺う。

ポーチから双眼鏡を取り出すと、直下の状況が分かってくる。

成人男性の倍以上の背丈を持つ人食い鬼のオーガや、獅子や山羊の頭部を持ち尾からは蛇の頭が生えるキマイラなど、強大な魔物が数百という群れを成して集結している。

それを前に、古竜たちや俺のテイムしたグリフォンたちが翼を広げて激しく威嚇し、互いに膠着《こうちゃく》状態となっていた。

そして魔物の群れの先頭に立っているのは、爆炎と扇情的な衣装を纏《まと》った赤髪の少女だった。

朱色の瞳で周囲を見回す顔はよく整い、すらりとした体つきに加え、胸元は大きく柔らかに膨らんでいる。

神竜帝国の宮廷でも、あそこまでの美人を探すのは難しいと思えるほどだ。

ルーナが清く落ち着いた美貌の持ち主なら、あちらは太陽のように明るい美しさの持ち主と表せるだろうか。

少女は好戦的な笑みを浮かべ、古竜たちを見据えて力強く、上空まで届くほどの声量で言い放った。

「妾《わらわ》は魔王軍四天王が一人、爆炎のアイル！　貴様らがイグル王国より連れ去った水精霊《すいせいれい》を今すぐに差し出せ。さすれば慈悲として、その命、痛みを感じる間もなく散らせてやろう！」

「……なんだ、ミルフィが目当てなのか？」

上空で滞空するルーナの背で呟けば、ルーナは『そのようですね』と返事をしてくれた。

直下ではアイルの鏖殺《おうさつ》宣言に対し、古竜たちが一層唸《うな》り声を強めていた。

状況は既に一触即発の様相を呈している。

迎撃に出ている古竜とグリフォンが五十前後に対し、魔物の群れは甘く見積もっても四～五倍はいる。

アイルの方は数押しで殲滅《せんめつ》する構えのようだが……。

「あいつ、目の前の古竜たちに夢中で俺たちに気が付いていないぞ」

『……やってしまいましょうかね』

互いに目を合わせ、にっと笑う。

意見が一致した俺たちの行動は早かった。

「封印術・蛇縛鎖《ジャバクサ》！」

詠唱と共に魔力開放、魔法陣を展開。

上空から遠距離型の封印術を起動させ、通常起動時以上に魔力を消費して魔術の効果範囲を拡大させる。

その結果、アイルの直下より素早い蛇のように封印の鎖が生じて、絡んでいった。

「鎖!?　それも妾の魔力を封じる類の……術者はどこにおるか!?」

『はぁっ！』

動きと魔力を封じられたアイルが狼狽えた瞬間、ルーナが上空よりブレスを叩き込む。

超高密度魔力の閃光が横薙ぎに放たれ、地を抉《えぐ》りながら魔物の群れ、その最前列を文字通りに消し飛ばした。

鎖に縛られた自称魔王軍四天王のアイルも回避すらできず、光の奔流に呑み込まれていった。

それを見た古竜たちの動きもまた、素早かった。

『野郎共！　蹴散らせぇぇぇぇぇ！』

『『『おおおおおおお！』』』

『『『フォーン！』』』

若く力強い古竜の声を皮切りに、古竜とグリフォンたちが魔物の群れへと突撃を仕掛けた。

オーガを、キマイラを、コボルトを……ブレスで焼き払い、爪と牙で引き裂き、尾を振るって撥ね飛ばす。

あれだけの数の屈強な魔物が相手では、多対一に持ち込まれれば本来なら古竜でさえ激戦は必至だった。

けれど司令官を撃破された魔物の群れは、最早烏合《うごう》の衆と化し、次々に葬られてゆく。

数で勝る敵が組織だった行動を失った今、戦場を支配するのは個々の戦力。

そうなれば、最強の生物種である古竜が格下相手に後れを取る道理はない。

そこにグリフォンたちが加われば、東洋で言う鬼に金棒だ。

古竜たちによる一方的な蹂躙劇《じゅうりんげき》を、俺とルーナは上空から眺めていた。

『我ながら見事な不意打ちでしたが、少々良心が痛む気もしますね』

「でも竜の国に攻め込んできた以上、奴らも不意打ちされたって文句は言えないだろうよ」

そう話しつつ、俺たちも上空から古竜たちを支援して魔物の群れを撃退していった。

結局、集結した数百の魔物は一体たりとも竜の国付近から生きて逃れることはなかった。


「貴様ら、騎士道精神を知らんのか!? 不意打ちとはなんと卑怯な!」

檻の中、拘束用の鎖を鳴らして抗議したのは、誰あろう自称魔王軍四天王のアイルその人だ。

「いきなり攻め込んできたお前が言うのか……?」

しかも自称魔王軍四天王なのに。

……そして驚くべきことに、アイルは結局、多少の傷と気絶程度で済んでいた。

魔物を消し飛ばしたルーナのブレスをまともに食らったのにだ。

人間も魔物も体内に流れる魔力によって身体能力は強化され、筋力はもちろん、体の強度も飛躍的に向上する。

竜が臨戦態勢に入ると鱗に魔力を流して硬化させるのがいい例だ。

逆に言えば魔力を失うなり封じられるなりすれば、魔力による身体強化の恩恵を失うに等しく、それは戦闘では致命的な状態に陥るのと同義だ。

にもかかわらず、俺の封印術で魔力の大半を封じられていたはずのアイルは、ルーナのブレスを耐えきったのだ。

だからこそこうして封印術の鎖で拘束している訳だが……この、素の肉体強度が魔族の強みであるのなら、恐るべき種族なのは間違いない。

「くっ、このまま妾を辱めるつもりか……!?」

「まずは事情を聞きたいだけだ。どうするかはその後だな」

別に辱めたりはしないが。

今は突然起こった魔物の群れの襲来で、竜の国も混乱している。

野生の魔物はテイム中のグリフォンたちの縄張りに入っては来ないが、アイルに統率されていたためか、あの魔物たちは竜の国付近にまで迫っていた。

どうやってあんな数の魔物を率いていたのか、なぜミルフィを狙ったのかも含めて全てを聞き出さなくては……そう思っていたのだが。

「その後だと!?　つまり事情を聞いた後、鎖で縛った妾を好き勝手に……！　くっ、妾の体は好きにできても心までは自由にできると思うな！」

「……話、聞いているか？」

物凄く思い込みが激しそうな魔王軍四天王である。

「はっ、もしやイグル王国で水精霊《すいせいれい》を妾の配下から強奪したのも、全ては妾をおびき出して捕らえるためか！　そして滾《たぎ》る欲望を妾の瑞々《みずみず》しい肢体に……！」

……アイルは何故か艶っぽい声を出していた。

潤んだ瞳でこっちに視線を向けているが……いや、まさかそっちの趣味なのか。

ついでにミルフィを誘拐したのがアイルの配下の者だと喋ったも同然なので、この子は相当に口が軽いことも分かったけれど……。

『ほう。私の相棒に色仕掛けとはいい度胸ですね？』

「待て、待ってくれルーナ。頼むから魔力の開放を抑えてくれ」

ルーナは人間の姿のまま目を細めて、拳にブレスのような光を溜め込んでいた。

よほどアイルの態度がお気に召さないと見える。

「くっ。今度は妾をボロ雑巾のようにして屈服させ、抵抗できないようにした後で獣欲をぶつけようと……!?　しかも、そこの女と一緒にっ！　……っ！」

「……いや、もういい。もういいから静かにしてくれ頼む……」

アイルは小さく体をくねらせているし、明らかに高度な趣味の持ち主だった。

まさかその、薄くて露出の多い扇情的な服装も、そっちの趣味があるからじゃないだろうな。

こんな調子では事情を聞き出すどころではないし、ルーナに至ってはもっと怒りそうだから勘弁してほしい。

……結局アイルのこんな態度から、事情を聞き出すのは後日となった。

もしくはこれも、尋問を避けるための彼女の策であったのかもしれない。

どちらにせよその日の晩、俺はロアナに耳栓を渡していた。

「レイドお兄ちゃん。どうして今夜は耳栓を着けなきゃいけないの？」

「魔族の声が聞こえると困るからだ。……それもとびっきり教育に悪い感じのやつ」

まだまだ幼さが抜けきらないロアナに悪影響が出ないことを祈るばかりだった。

……時は進んで翌日。

気が進まないながら再度アイルの事情聴取に向かうと、鎖で縛られたままのアイルは声を大にしてこう言った。

「人間の男、なぜ妾を襲わんのだ!?」

「……」

絶句である。

アイルがそっちの趣味嗜好を持つらしいことは察しているので、これ以上は何を言われても驚くまい。

また、アイルの態度から、彼女の種族がなんとなく思い浮かんだ。

「君、もしかしてサキュバスかい？　爆炎のアイル、とか名乗ったからイフリートだと思っていたけど」

魔族にも色んな種類がいて、色欲を司《つかさど》るサキュバスやら炎を司るイフリートなどがいると古い文献に記されていたのを覚えている。

アイルはそっぽを向いた。

「……サキュバスが炎を操ったらいけないと？」

「やっぱりサキュバスだったのか」

そりゃあんな下品な言動も連発する訳だと、ため息をつきたくなった。

『ほう、サキュバスですか。男性の精を吸い取るという、あの。ならばレイドの精が吸われる前に滅してしまうのも……』

「待ってくれルーナ。ここは抑えてくれ」

臨戦態勢寸前だったルーナを止めると、彼女は不満げに唇を尖らせた。

『むぅ……。しかしこの者は竜の国に侵攻してきた上、魔王軍四天王を名乗る不埒者《ふらちもの》。早急に倒してしまった方が危険も少ないと思いますが』

「それも一理あるけど、聞かなきゃいけない話だってある。まずはミルフィのことだ。……アイル、どうしてミルフィを手下に襲わせて奴隷にしていたんだ？」

問いかけると、アイルは強気な笑みを浮かべた。

「ほう。聞かせてほしいか。であれば取引といこうではないか」

「取引？」

「妾は今、鎖に縛られ自由を奪われておる。欲の解放もできぬ。よって男よ、貴様の精を妾に搾らせるがいい。恐れることはない、妾のこの極上の肢体でじっくりと……ひぃっ!?」

『……』

無言のルーナがとんでもない圧力を発していた。

正確にはルーナは笑顔なのだが、黙ったまま魔力を臨戦態勢にまで高めているのが恐ろしすぎる。

何より目が笑っていない、本気の中の本気だ。

アイルに至っては先ほどまでの余裕ありげな表情を投げ捨て、涙目で縮こまっている始末である。

ルーナは笑顔のまま、声音を低くして凄んだ。

『アイル。次に私の相棒に下品な言動をとれば、その身がどうなろうと知りませんよ？』

「う、うむ。心得た。妾も一晩経って落ち着いたところだ、決してやましい妄想や期待を抱いた訳ではないぞ、うむ」

『では取引うんぬんを抜かすよりも先に、早くミルフィについて話しなさい』

アイルの態度があまりにも気に食わなかったようで、ルーナは鉄格子を蹴る勢いだった。

普段温厚なルーナからは考えられないほどの怒気だ。

ルーナの様子に恐々としながら、アイルはミルフィについて語り始めた。

アイル曰く、ミルフィ本人に自覚はないらしいが、ミルフィは水精霊《すいせいれい》の王族の血を引く稀有《けう》な存在なのだとか。

加えてアイルは昔、魔王軍四天王の一角だったが、隙を突かれて天敵の水精霊《すいせいれい》の王に敗れ、以降は水精霊《すいせいれい》の里があった場所に長らく封印されていたそうだ。

けれど魔物の襲来で水精霊《すいせいれい》の里が崩壊して封印を解かれたアイルは、自身と相性の悪い水精霊《すいせいれい》の生き残りがいないか入念に調べた。

すると最後の生き残り兼姫君であるミルフィの存在を知り、配下に捕らえさせて反逆できないよう隷属の首輪を嵌めさせた。

精霊は利用価値が高いのでひとまず殺さなかったが、今のところ使い道もなかったので、しばらく奴隷として人間社会に隠しておくつもりだったそうだ。

ついでにミルフィを竜の国まで奪い返しに来たのも、水精霊《すいせいれい》の王族の力でアイル自身を再封印されないようにするためだったとか。

……アイルの話を総合すれば、要はこんな内容だった。

「どうだ、これで満足か？」

「ああ……そうだな」

ルーナのブレスを受けても存命可能な肉体に、水精霊《すいせいれい》の里に封印されていたという話。

話が真実なら、どうやらアイルは本当に魔王軍の幹部なのかと考えるほかなかった。

けれども、こうして封印術で捕縛できているので、現状はあまり悩みすぎることもないかと考える次第だった。

こうしてこの日は、ルーナの圧力に屈したアイルから様々な情報を聞き出すことに成功した。

「ふーん……それでレイドお兄ちゃんや姫様は、あのアイルちゃんをどうするの？」

アイルの尋問後、俺の部屋で夕食にしていると、今日の話を聞いたロアナがそう尋ねてきた。

今日も修業で疲れている様子ながら、ロアナもアイルには興味があるようだった。

「しばらくあのまま封印術で縛っておくしかないな。自由にさせたら何するか分からないし」

「……でも、私がお姫様なんてびっくり。初知り」

ミルフィの方も修業による疲労か、少し声に力がない。

しかしだからこそと言うべきか、今日の夕食の煮物——獣肉と根菜類を香草とイグル王国で購入した調味料で煮込んだもの——を小さな口でよく食べていた。

「俺も驚いた。逆に聞くけど、ミルフィはどうして自分の身の上を知らなかったんだ？」

「……故郷を魔物に滅ぼされたとき、私はまだ幼かった。お爺さんに拾われる前の記憶も曖昧」

思い返せば、ミルフィは物心ついた頃に人間のお爺さんに拾われたと言っていた。事情が事情なので、何も知らなくても仕方がないか。

話が一段落ついたところで、ロアナが切り出した。

「ねえ、姫様。ちょっと聞きたいんだけど」

『はい。なんでしょうか？』

「どうしてこの部屋に来てからずっと、レイドお兄ちゃんの腕をぎゅっとしているの？」

『正確には部屋に来る前からですね』

ルーナが天然っぽい返し方をしているが、ロアナが聞きたいのはそこではないだろう。

俺も食事を口に運びづらくて少々困っていた。

「ルーナ。なんで今日はこんなに張り付いているんだ……？」

『それは当然、アイルとの会話で危機感を覚えたからです。私も様々な意味でレイドを他の勢力に奪

われるわけにはいきませんので。こうして私が密着していれば、もう二度と色仕掛けをしでかす不埒者は出ないでしょうから』

ルーナは至極大真面目な表情でそう語った。

……彼女は真面目さ故、一周回ってやはり天然な節があるのかもしれない。

「いやいや、今更引き抜かれないから大丈夫だって。それに……」

……大きくて柔らかいものがさっきから腕に当たっていて、正直悶々としている。

ルーナは元々が古竜なのであまり気にしないかもしれないが、俺は若く健全な人間の男なので、色々と気にしてしまう。

「ルーナ、食事に難ありだからもう少し離れてみるとかは……。腕を動かしにくいし……」

『いいではないですか。困るようでしたら私が食べさせてあげましょうか?』

今日のルーナは押しが強い。

アイルが原因なのは間違いないけれど、一日経って冷静になれば元に戻るだろうか。

「ロアナにミルフィ。ちょっと二人からもルーナに言ってほしくてだな……」

頼んでみるものの、二人から反応がない。

どうしたと思いそちらを見れば、二人は席を離れ、俺のベッドに倒れていた。

「レイドお兄ちゃん……疲れたからもう寝るね……」

「……私も、限界……」

疲労と満腹の二重の原因により、二人は既に半ば眠りについていた。

ロアナが俺の部屋で寝落ちするのはそれなりにあったが、まさかミルフィまで加わるとは。

「寝る子は育つ、か。ルーナ、食べ終わったら片付けを手伝ってくれ」

『それはもちろん。そうしたら私たちも二人の横で寝ましょうね』

ルーナの発言に思わず固まる。

「……ルーナ？　ベッド、結構狭いんだけど」

『私とレイドが密着すれば解決ですね』

「いやいや、ルーナは自分の部屋に……」

『今日は帰りませんよ？　なんらかの手であの淫魔が牢から抜け出し、レイドのもとへ来ないとも限りませんから』

ルーナは過剰なまでにアイルを警戒していたが、俺を想ってくれるからこそと思えば悪い気もしなかった。

結局この日の晩は俺がルーナに押し切られる形で、一緒のベッドで眠ることになった。

なお、密着してくるルーナの甘い匂いと柔らかな感触によって、しばらく悶々として眠るまで時間がかかったのは言うまでもない。

……そうして、苦労して意識を眠りに落としてどれくらい経った頃だろうか。

右は密着してくるルーナ、左は寝相的に抱き着いてくる形になったロアナ、といった形で横になっていると、突然爆音が夜のしじまに轟《とどろ》いた。

「に、にゃぁぁぁぁぁっ⁉　に、にゃに⁉」

「……」

ロアナが猫耳を立てて飛び起きた傍ら、熟睡を続けているミルフィは見た目に反して相当に神経が太いようだ。

俺も起きて窓を覗けば、竜の国の端……アイルを捕らえていた辺りから爆炎が広がっているのが見えた。

目覚めたルーナも表情を険しくしている。

『あの場所は……まさか!?』

「ああ、きっとそのまさかだ！」

ルーナと一緒に急いで猫精族《びょうせいぞく》の集落を飛び出し、アイルを捕らえていた場所に向かう。

すると二体のダークリーパーが行く手を塞ぐように現れた。

奴らは影に潜む、黒く半透明で幽霊のような魔物だ。

当然ながら元々竜の国に生息していた訳でもあるまい。

しかもその二体には、ミルフィの首についていたのと同じ隷属の首輪が嵌められていた。

「その首輪は……つまりそうか！」

「妾、復活っ!!」

盛大な爆発を起こして周囲の木々を薙ぎ払いながら悠然と歩んでくるのは、魔王軍四天王、爆炎のアイルだ。

焼けた木々の破片がこちらにまで飛んできて、爆発の威力の高さを感じさせた。

「くそっ。自分の影に潜ませていたダークリーパーに、俺の封印術を解除させたか！」

「見張りの古竜の目を盗んで抜け出すのは苦労したぞ。とはいえ奴らも、妾の爆炎で吹っ飛ばしてやったが」

ふぅ、とため息をつくアイルに、ルーナが食ってかかるように言った。

『戯言《ざれごと》を。我らが同胞と住処を炎で焼き払った蛮行、その身で償いなさい！』

古竜の姿になったルーナがすかさずブレスを叩き込もうとするが、アイルは腕を振りかざして魔力を操作した。

すると一瞬で炎の檻がルーナを包み込み、動きを封じられてしまった。

「古竜の姫君、中では暴れても無駄だぞ。その炎の檻は外側へ魔力を逃がさぬ。ブレスとて炎で焼き切れるわ」

『このっ！　……そんな⁉』

ルーナが口腔にブレスを溜め込み放つが、檻に当たったブレスは炎に焼かれるようにして霧散してしまった。

狼狽えるルーナを尻目に、アイルが好戦的な笑みを浮かべた。

「そこで大人しく見ているがいい。貴様の大切な相棒が、妾の爆炎に焼かれるところをな。……人間の男よ！　妾をあのような無骨な鎖で縛り上げた無礼を、我が爆炎の中で悔いるがいい！」

『レイド、逃げてください！　他の古竜を連れ、今は立て直してください！』

「はっ、逃がすとでも！」

ルーナの悲鳴にも似た声と同時に、アイルは瞬時に手のひらに魔力を集めて火球を放ってきた。

魔法陣なしに魔力を練って炎を操れる点から、ミルフィと同じく、やはりアイルも魔法を扱えると見える。

流石は古《いにしえ》の魔王軍四天王か。

魔法は魔術と違い魔法陣を展開する必要がないため、詠唱もなしに即座に起動できる。

圧倒的な早業だが、距離があるので着弾まではわずかな猶予がある。

「封印術・竜縛鎖《リュウバクサ》！」

俺は封印術を起動し、魔法陣から現れた鎖を自分の両腕に巻きつける。

そのまま鎖を巻きつけた右腕を振りかぶる。

「ハハッ！　回避もできず自棄《やけ》に走るか！　そのまま焼けるがいいわ！」

『レイドーッ！』

アイルの哄笑《こうしょう》、ルーナの悲鳴。

直後に爆ぜるは、俺の拳に粉砕された火球。

……より正確には、腕に巻いた封印術の鎖で魔力を散らし、魔法の火球を無効化したのだ。

「なっ、妾の火球を人間が⁉」

『レイド……！』

アイルもルーナも目を見開いているが、そんなに驚くことでもない。

卓越した封印術は魔物の動きだけでなく、あらゆる魔力を抑えて無効化する。

魔術も魔法も、所詮は魔力操作によって引き起こされる現象に過ぎない。

魔力を行使している以上、魔力を抑えるという特性を持った俺の封印術で無効化できない道理はない。

「驚いたか？　古竜さえ縛れるドラゴンテイマーの封印術にはこういう使い方もある」

「竜の世話係風情が、よもやよもやだ……！」

アイルが動きを止めている隙に、こちらは距離を詰めにかかる。

疾駆する俺へ向かい、アイルは泡を食った表情で二体のダークリーパーを差し向けてくる。

だが、肉体を持たない幽霊似の魔物であるダークリーパーは魔力の塊だ。

俺の封印術で簡単に捕らえられる。

「封印術・蛇縛鎖《ジャバクサ》！」

二体のダークリーパーへと封印術の鎖を伸ばして動きを封じ、そのまま竜縛鎖《リュウバクサ》を巻いた拳で裏拳を放つと奴らは纏めて霧散した。

「貴様は、一体！」

驚愕を顔に貼り付けるアイルに、俺は改めて名乗りを上げる。

「俺はレイド。しがない竜の世話係だ。暴れる竜を抑えるために、そこそこ鍛えているけどな」

ドラゴンテイマーは時に暴走する竜を相手にする都合上、身体能力の強さも求められるものだ。

俺自身も、帝国の竜騎士と同程度には鍛えていると自負している。

「魔王軍四天王、爆炎のアイル！　俺たちの暮らす竜の国を炎で荒らしたそのツケ、今この場で払わせてやる！」

「小癪《こしやく》な！　火球が効かぬなら、全身を炎で巻いてくれるわ！」

周囲の炎を操るアイルは、俺を捉えるように炎を差し向けてきた。

寄せ来る炎は、まるで大波のようだった。

『レイド！　今、加勢を……くっ⁉』

「だめだルーナ、じっとしているんだ！」

炎の檻を破ろうと暴れるルーナは、所々に火傷を負っていた。

体の強い古竜ではあるが、ルーナが傷つく様をこのまま見てはいられない。

「アイル、ルーナを解放するんだ！　そうすればまた鎖で縛る程度で許してやる！」

「はっ、妾に向かって許してやるだと？　不意打ちで妾を捕らえた人間風情がよくもまあ！」

アイルの爆炎が俺を包囲するが、こちらには魔術と技術がある。

昔から伊達に大樹海で魔物をテイムする修業を積んでいた訳ではないし、その時に魔物と戦闘になったことさえザラなのだから。

「こんな炎程度で怯むか！　封印術・竜縛鎖《リュウバクサ》・乱《ラン》！」

虚空に展開した魔法陣から封印術の鎖を二本出現させ、鞭《むち》やモーニングスターの要領で縦横無尽に振るう。

すると鎖に当たった炎は消滅し、俺の周りは徐々に鎮火していく。

アイルの起こす炎は全て魔力由来のものなので、封印術の効果で無効化できる。

このままルーナの炎の檻も壊してやりたいが、そんな隙をアイルは見せない。

矢継ぎ早に炎を繰り出す様は、歴戦の猛者の姿そのもの。

今は一刻も早くアイルを倒し、あの檻を無効化するしかない。

それに爆炎も周囲に広がりつつあり、アイルを倒さなければ竜の国全体が燃えてしまうだろう。

「人間の男、どうして中々やる奴よ！　ならば妾もそれ相応の力で応じるまでのこと！　魔王様復活の日まで、妾の足は止まらぬよ！」

アイルは炎で作った剣を構え、こちらに迫る。

小細工なしの真っ向勝負。

俺の封印術はアイルの爆炎魔法に相性がいい。

けれど魔力量は明らかに魔族であるアイルが上。

常識的には、真正面からでは押し負けは必至。

並の術では一度に封印可能な魔力量にも限界がある。

ならば、こちらも大技を仕掛けるまで。

――俺の手札が竜縛鎖《リュウバクサ》や蛇縛鎖《ジャバクサ》だけなら、剣技で攻めるのも十分有効だったかもしれない。だが
……ようやく魔力量任せの近接戦に出てくれたな。

魔力を大幅に消費して、俺は切り札を発動するべく魔法陣を二重展開した。

「ほう、退かずに立ち向かうか！　人間の男よ！」

「封印術・奥義――蒼天軻遇突智《ソウテンカグツチ》！」

二重に展開した魔法陣から蒼炎を帯びた鎖を呼び出し、それをアイルに鞭のように叩き込んで迎撃する。

この至近距離では回避不能の一撃だ。

アイルは爆炎の剣で受けたが、俺はそれを待っていた。

彼女の炎が、魔力がみるみるうちに、俺の放った蒼炎の鎖に吸い込まれていく。

「妾の魔力や炎を封じるのでなく、食らう鎖か⁉　面妖な……！」

「対火竜用の封印奥義だ！　魔族にも効果覿面《てきめん》らしいな！」

この奥義は、ドラゴンテイマーの一族に伝わる秘伝の一つ。

竜も種類によっては炎や水、風などのブレスを放つため、各属性の竜種に対応した封印術が一族の奥義として存在している。

その中でも蒼天軻遇突智《ソウテンカグツチ》は炎の封印に特化し、火竜の爆炎のブレスすら正面から受けきるほどの力を持つ。

「このまま縛って力を抑えてやる！　終わりだアイル！」

「このような小細工を弄するか！」

蒼天軻遇突智《ソウテンカグツチ》の蒼炎を纏った鎖が、苦々しい表情を浮かべるアイルを決して逃がすまいと強く縛り付けた。

「勝負あったぞ、大人しく降参しろ！」

「降参？　妾が同じ相手に二度も捕まると思うたか！　……ぐうううぅっ……！」

アイルはこともあろうに、蒼天軻遇突智《ソウテンカグツチ》で拘束されながらも全身から爆炎を放って徐々に拘束から抜け出そうとしていた。

その膨大な魔力量で一時的でも蒼天軻遇突智《ソウテンカグツチ》を押し返せるとは、これが魔族の底力。

しかしこんな荒業、魔力の消費量が半端ではないのは間違いない。

アイルの魔力も大幅に減少しているのを感じるが……これは。

「やめろアイル！　そのままだと魔力切れで自滅するぞ！」

魔力は精霊にとっては生命力にも等しいと聞く。

それは精霊と同じく魔法を扱える、魔力に近しい種族である魔族も同様ではないのか。

つまり魔力を全て消費することは即ち、魔族にとっての死を意味すると思われる。

それでもアイルは不敵な笑みを浮かべていた。

「はっ！　敵に二度も拘束される辱めを受けるよりは！」

「あんな趣味を持っている奴の言い分とは思えないな……！」

とはいえアイルにも矜持があるのだろう。

かつて世界を激震させた、魔王軍幹部としての。

「でもだからって、俺はアイルを殺したいんじゃない。悪いが自滅する前に決着だ！」

俺は爆炎を纏うアイルへと突っ込み、そのまま竜縛鎖《リユウバクサ》を巻きつけた両腕で構えを取った。

右腕を後方へ、左腕を盾のように前方へ。

直後に腰の動きで右拳を前方へ突き出し、捻じり込むようにして一撃を放つ。

「その構え……竜の世話係風情が近接格闘術まで扱えるのか！」

「神竜帝国式・竜騎士戦闘術——穿竜堅醒《センリユウケンセイ》！」

「かぁっ……⁉」

魔力強化もあり、爆速で放った拳は鎖越しにアイルの胴へと入った。

魔力を大幅に消費して限界を迎えつつあった彼女は、あっけなく意識を手放して昏倒する。

仰向けに寝かせれば胸が上下しており、まだ息があるのが分かった。

『レイド、無事ですか⁉』

振り向くと、アイルが意識を失ったことで炎の檻や周囲の爆炎も消滅し、ルーナが人間の姿になって駆け寄ってきた。

「俺は大丈夫だ。寧ろルーナこそ火傷をしているから、早く手当てをしないと」

携帯しているポーチから小瓶に入った治癒水薬《ポーション》を取り出し、ルーナの傷を癒していく。

見たところ痛々しくはあるものの、火傷は深部に達している様子でもない。

治癒水薬《ポーション》の効果と古竜の回復力なら、夜明け前には火傷も癒えてしまうだろう。

『……ところでレイド。あなたは格闘術まで扱えたのですね。以前ハイコボルトを倒した時の身のこなしも凄まじかったですが……』

「竜の世話をしている時に、竜騎士たちの訓練を見る機会も多かったから。それに昔、親にも教わったんだ」

幼い頃から、俺は竜舎近くで訓練をしていた竜騎士たちの様子を毎日のように目にしていた。

だからこそ自然と、神竜帝国式・竜騎士戦闘術の型を覚えていったのだ。

さらに父さんもあの戦闘術は会得していたので、子供の頃はよく「護身術だ」と言われて稽古をつけてもらったものだ。

ドラゴンテイマーとして体を鍛える傍ら、戦闘術の練習もしていたという寸法である。

「まさかこんなところで役立つとは思ってなかったけど、習得しておいて損はなかったな」

『お陰で私も竜の国も助かりました。またレイドに救われましたが、これでは救われてばかりですね』

「そんなことないよ。俺も故郷の帝国を追い出されて、この国やルーナに色々と世話になっているから。お互い様だよ」

『そう言ってもらえると、私も気が楽になります。レイド、今回もお疲れ様でした』

手当てを終えたルーナは、ゆっくりと俺に寄り添って肩を合わせてきた。

ある意味これは、頑張ったご褒美といったところだろうか。

ともかく竜の国を守りきれて何よりだった。

……それから、倒したアイルを逃がさないよう洞窟の中に連れて行き、封印術の鎖で厳重に縛り付け、少し休んで恐らくは明け方になった頃合い。

魔力もそれなりに回復した俺は、目を覚ましたアイルと向かい合っていた。

「まさか人間に二度も敗れるとは、このアイルがなんたる無様か。そう思っていたが……」

アイルは笑みを消して、封印術の鎖をしげしげと眺めて言葉を続けた。

「……本気になった妾の炎を抑え込むほどの封印術。貴様、魔王様を封印した皇竜騎士《インペリアルドラグーン》の末裔だな？」

「皇竜騎士《インペリアルドラグーン》？」

聞きなれない言葉だと思い聞き返すと、ルーナが答えてくれた。

『遠い昔、私の祖先にあたる神竜に騎乗し、魔王を封じた存在です。我が一族の間で脈々と語り継がれてきた存在ですが……』

「ご先祖様のそんな話、両親からも聞いてないな。だから多分、俺はその皇竜騎士《インペリアルドラグーン》の末裔じゃないはずだ」

「ははっ、抜かせ。大方、水精霊《すいせいれい》の姫君と同じく貴様自身が知らぬだけではないのか？　もしくは寿命の短い人間が繰り返す世代交代の中、情報の継承が途切れたとか」

アイルの言うように、その可能性もなくはない。

……神竜帝国の実家にあった家系図は一部、不自然に途切れているというか、消えている部分があったのだ。

そこに何か隠された歴史でもあるのかもしれないが……まあいい。

「俺の出自については、今は置いておく。肝心なのは、これからのアイルの処遇だ」

「処遇とは、妾をまた封印する気か？　水精霊《すいせいれい》の姫君がいなくとも、貴様が本気を出せば今の妾程度どのようにでも封じられようが」

もうどうにでもなれといった様子で、アイルはぶっきらぼうに言い放った。

実際、アイルの完全封印も一度考えた。

今回のような事件を起こした以上、アイルは亡き者にするか完全に封印するべきなのかもしれない。

けれど……。

「……アイルから聞かなきゃいけない話もある。他の魔王軍の話に、最近活発化しつつある魔物の話。それにアイルの言う魔王のことも」

「ふん、妾がそう簡単に話すとでも？」

「確かに簡単には話さないだろう、このままだったら。だから悪いけどアイルをテイムさせてもらう。それもとびっきり強い魔力を込めてな」

俺は基本的に、相手が望まない限りは一時的に、必要最低限の間しかテイムをしない。

テイムされた側は隷属の首輪を嵌められた奴隷のように、俺の強い命令には逆らえなくなる。

だから俺自身の良心が咎める部分も多少はあったのだ。

けれど竜の国を荒らしてルーナに怪我まで負わせたアイルへの罰と考えれば、テイムしても良心はさほど痛まない。

もっと言えば少し前、俺がアイルをテイムすると言い出さなければ、古竜たちが気絶したアイルをブレスの同時攻撃で消し炭にする寸前だったのだ。

命は助かるのだし、アイルにもテイムを受け入れてほしかった。

「ま、待て!?　それはつまり、妾を貴様の奴隷にすると!?　命令に従わざるを得ない妾に、貴様は一体どんな要求をする気で……あぁっ！」

アイルは最初こそ慌てていたが、途中で何を妄想したのかくねくねと動き始めた。

……流石は魔族でサキュバスと言ってもいいのだろうか。

「手短に済ませるぞ。――我、汝との縁を欲する者なり。汝の血を我が血とし、汝の権能を我が権能とする者なり。消えぬ契約を今ここに！」

魔力を大量消費したアイルにテイムの魔術を跳ね返せる道理もなく、アイルのテイムはあっさりと成功した。

アイルの首にテイム成功の紋様が現れているのを確認してから、俺はアイルに命令した。

「アイルはこれから、俺の許可なく竜の国から一歩も外へ出ないこと。それに暴れたり誰かを傷つけることも許さないし、俺の質問には正直に答えるんだ。特に魔力の行使も厳禁だ」

するとテイムの紋様が淡く光を放ち、アイルに効果を及ぼしているのが分かった。

「あぁっ……！　見えない鎖に縛られている感覚、何かに目覚めてしまう……っ！」

『……』

アイルはこんな状況でも身をよじっていたが、これもある意味では逞《たくま》しさなのか。

ルーナは冷めた視線をアイルに送っていたが、それに気付いたアイルがまた体を大きく跳ね上がらせた。

……やはりアイルの趣味は高度かつ変態的で、俺に理解できない領域にあるのは間違いない。

「テイムも完了したし質問をさせてもらおうか。そもそもアイルが言う魔王ってのは何者なんだ」

アイルは、ぷいっとそっぽを向いた。

「ふん。やはりそう簡単には答えて……妾たちの主人にして地底の魔界を統べる、強大な魔力の持ち主なり……って口が勝手に⁉」

アイルは鎖で縛られたまま慌てているが、これがテイムの効果だ。

魔力を強く込めてテイムすれば、主人に対して隠しごとをするのは不可能になる。

「アイル、これで分かったと思うけど抵抗しても無駄だ。潔く教えてくれ、その魔界とやらについても詳しく」

「うっ、ぐぐぐ……はぁ、承知した。敗者となった以上は潔く勝者に従うのもまた定め。よかろう、いくらでも教えてやるとも」

諦めと自嘲が綯《な》い交ぜになった様子のアイルはまず、魔界について語り出した。

「魔界とは、この大陸の地下深くに広がっている魔族の国だ。かつて魔王様が統べていたが……妾も封印されて長い身だ。今どうなっているかは知らぬ」

「地下深く、そうか。それで大陸中のどこでも魔族が見当たらないと」

普段は地下深くで暮らしているのであれば見つからないのも無理はない。

実在を疑われるほど希少な存在にもなるはずだ。

「ちなみに最近、各地で魔物が活発化しているのは本当に魔王が関係しているのか？」

「……うむ、大いにな。魔王様を縛っている封印が長年の経過で弱まってきているのを、全魔族が感じ取っている。それはかつて、魔王様に率いられていた種族の魔物も同様で、要は魔王様の気配に当てられて昂っているのだろう」

魔王が発する気配に魔物たちが触発されているなら、原因となっている魔王を排除してしまえばいいのか。

そう考えれば単純そうな話ではある。

「その封印中の魔王、一体どこにいるんだ？」

「知らぬ」

『……はい？』

ルーナが目を丸くすると、アイルは声を荒らげた。

「ええい、魔王様の封印されている場所が分かっていれば、妾も直接向かっておるわ！　それが分からぬから妾も封印を解かれた後、部下を引き連れ各地を転々としておったのだ！　……全く、かの皇竜騎士《インペリアルドラグーン》も巧妙なものよな。魔王様の封印場所を一切気取られぬ工作、一体どのようなものか」

「皇竜騎士《インペリアルドラグーン》が封印した魔王は行方不明……か」

これではこちらも魔王の居場所が特定できない。

けれど魔王は古の時代、大陸全土を支配しかけるほどの力を持っていたと伝えられている。封印場所が安易に特定されて魔族に封印を解かれるよりはましだろう。ただ、封印の弱まりで魔王が復活しかけているなら、封印地を特定して再封印する必要がある。

「魔王の封印場所を魔族より先に探し出さなきゃいけないな。ちなみに自然に封印が解けるまで後どれくらいとか分かるのか？」

「ううむ、妾たち魔王軍四天王は魔王様の魔力を大量に頂戴した身、気配で察せるとも。人間の時間で言えばおおよそ、五十年くらい先だな」

「そんな先なのに魔物が活発化しているのか」

――魔王復活がそんなに先なら、すぐさま封印中の魔王を捜し出す必要もない……とも言い難いか。

アイルのように魔王軍の手の者が動いているのなら、先に封印を解除されるのはもちろんまずい。

何より向こう五十年間魔物が活発に動き回るとすれば、それだけで人間の国も竜の国も大損害を被るのは間違いない。

『では後ほど、他の古竜たちに頼んで魔王の封印場所を捜し出してもらいます。古竜の翼なら、魔族に先んじて場所の特定もできるかもしれません』

そうやって話がまとまった後、俺はアイルを連れて猫精族《びょうせいぞく》の集落へ向かった。

アイルの両手に封印術の鎖を手錠のように巻き付け、そこから伸びる一本をこちらの右腕に巻いて逃がさないようにしている。

「なあ、人間の男よ」

「俺はレイドだ」

「ではレイドよ。こう言ってはなんだが、妾を連れ回していいのか？　普通は隔離すると思うが」

「隔離した結果、俺の封印術がアイルの配下に解かれたんだから。テイムだってしているけど、こうなったら目の届く距離にいてもらうほかない。……また配下に封印を解かせようとしても無駄だからな？」

いつでも目を光らせているぞ、というニュアンスで伝えればアイルは「うっ」と肩をすくめた。

「レイド、貴様は本当に人間の男か？　かつて寄ってきた人間の男たちは全て、妾の色気で骨抜きにしてやったものだが……サキュバスとしてのプライドがへし折れそうだぞ」

「曲がりなりにも本気で殺しあった相手に、俺は欲情しない」

そう言いつつ平静を装ってはいるが、実際アイルはとんでもない美人でスタイルも抜群だ。

これもサキュバスの魅力なのか、魔族のスキルなのか、現にしょげている姿も艶めかしく可愛らしい。

実際、俺もアイルの仕草にどきりとさせられることがなくもないが……。

『レイドの言う通りです。一流のドラゴンテイマーは己の欲望に流されないもの、しのぎを削った敵に欲情するなどあり得ません』

ルーナもこの調子だし、アイルにどきりとさせられたのは黙っておこう。

何よりアイルに隙を見せるのもよくないだろう。

考えていると、アイルが訝しげな視線を送ってきた。

「レイド、妾に興味なしとは……もしや不能なのか？」

――何を言うんだこのサキュバスは！

思わず吹き出しそうになってしまった。

「不能じゃない。俺だって若くて健全な男だ」

……帝国では激務のあまり、女の子と付き合った経験さえなかったけれど。

思い出しながら悲しくなっていると、アイルは残念そうな表情を浮かべる。

「ふぅむ、そうかそうか。不能なら妾がこの肢体を使って機能を回復させてやろうと思ったのに……うぐぐぐぐ⁉　何をする竜姫！」

振り向けば、ルーナが怖い笑顔でアイルの頬を抓《つね》って……否、捻じっていた。

『以前も言いましたが、レイドに色仕掛けは厳禁です。たとえ彼に効かなくとも……見ていて妙に胸がざわつきます。何故でしょうかね？』

怒れるルーナに気圧されたのか、アイルは涙目で言った。

「わ、分かった分かった！　しかし男を誘惑したくなるのはサキュバスの性《さが》、どうか少しくらいは許すがいい！　寛容に‼」

ルーナは目つきをきつくしたまま、アイルの頬から手を離した。

アイルは赤くなった頬を手でさすっているが、そうしているうちに猫精族《びょうせいぞく》の集落に到着した。

「アイルにはこれからこの場所で暮らしてもらうけど、危ないことは絶対にするなよ？　後はそう、実はここには……」

「……胸の大きな炎の女！　私に隷属の首輪をつけた恨み！　覚悟‼」

アイルにあれこれ言い聞かせていると、突然ミルフィの声が横から響いた。

そして彼女の放った水弾が、アイルの横っ面に思いっきり直撃した。

「んっ？　……うあぁぁぁっ⁉」

アイルは悲鳴を上げながら吹っ飛び、近くの木に激突してまた気を失ってしまった。

ミルフィの方は肩を怒らせつつも、どこかしたり顔だ。

やはりミルフィも、隷属の首輪をつけられていた件は大いに怒っているらしかった。

けれどこのままでは気絶したアイルに追撃を仕掛ける勢いだったので、俺はミルフィにアイルをテイムした件を説明する。

するとミルフィはようやく水弾を引っ込める程度には落ち着いた。

「……分かった。アイルがレイドの奴隷になったなら許す」

「奴隷じゃなくてテイムな」

怒りの収まらないミルフィは物言いが過激である。

「……なら人質。他三人の魔王軍四天王が来た時に使う」

ミルフィは、ふんっ！　と鼻を鳴らしていた。

東洋で言うところの怒髪天《どはつてん》を衝《つ》くというやつだろうか。

普段無表情気味のミルフィがここまで感情を剥き出しにするのも珍しい。

「うぅむ……恐らくというか、間違いなくそれは無駄だぞ。妾たち魔王軍四天王は魔王様に忠誠こそ誓っておるが、仲間意識は互いに皆無だ」

短い気絶から目覚め、むくりと起き上がったアイルは、水で濡れた服の端を絞りながら話し出した。

「それに水精霊《すいせいれい》の姫君……ミルフィは残り三人と言ったが、実際には妾を除けば残り一人だ。他の二人は古の時代、人間共に討ち取られてしまったのでな」

『それは朗報ですね。竜の国を焼き尽くす勢いだったアイルほどの手練れが残り一人であるならば、万が一襲って来ても対処のしようはあるでしょう』

「……そう上手くいくと思わぬ方がいい。先の戦いは妾とレイドの相性があまりに悪すぎたのもあるが、最後の四天王は魔王様に匹敵するほどの魔族。もしも奴が来れば古竜の統べる竜の国とて、ただでは済まぬよ。……まあ、奴がこんな辺鄙《へんぴ》な地に来る物好きとも思えぬがな。妾としても、その方が好都合かもしれぬが」

「それはまたどうしてなんだ？」

魔王軍の仲間が助けに来た方が、アイルとしても都合がいいだろうに。

そう思いつつ聞けば、アイルは首筋にあるテイムの紋章を指しながら言った。

「こんなものを刻まれて人間にテイムされたなどと魔王軍の者が知ったら、妾は恥晒しとして斬首されてしまうだろう。此の期に及んでは、まだ竜の国で静かに暮らしていた方がよい……」

アイルは顔を青くしていた。

魔王は配下に寛容だったと伝承にはあったが、どうやら魔王軍そのものは身内にもそれなりに厳しい組織のようだった。

アイルをテイムした翌日。

日課である古竜の世話をしようと外に出れば、魔法で水流を放つミルフィの姿があった。

その先には古竜たちがいて、大きなシャワーのような水流を浴びて鱗や翼を綺麗にしている。

実は最近、ミルフィも古竜たちの世話に加わるようになったのだ。

『かーっ！　やっぱしミルフィの水は清くて気持ちがいいなぁ』

『やっぱり精霊なだけあるよ。いい力だね』

「……そう言ってもらえて何より。私も頑張り甲斐がある」

ミルフィの水は古竜たちからも好評で、魔力が混ざっているだけあって鱗の成長などにもいいようだった。

それからミルフィは水を生成し続けていたが、まだ精霊として成長しきっていないからか、魔力不足でへたり込んでしまった。

「ミルフィ、大丈夫か？」

「……平気。そのうち魔力量も多くなるから、見ていて」

「今はまだまだ少ないんだから、頑張りすぎもよくないぞ？」

魔力を使えば使うほど、自分の体に溜められる魔力量も多くなっていく。

若い頃の方が魔力量も多くなりやすいとされ、鍛えるほど強くなる筋肉と似たようなものだ。

ただし筋肉と同じく、成長しきっていない体で過度に負荷をかけるのはよろしくない。

『そうだぜミルフィ。レイドの言う通り、頑張りすぎはだめだぜ。俺たち古竜もミルフィみたいな精霊も、この先長いんだからよ。たった数十年生きただけで体を大きく壊しても困るってもんだ』

力強く諭すのは、若い雄の古竜であるガラードだ。

深い臙脂《えんじ》色の鱗にはいくつもの古傷が浮かび、他の古竜に比べて骨太で大柄だ。

若いながら歴戦の猛者の風格を漂わせている。

ガラードとは最近よく会話するようになったのだが、若い古竜たちの兄貴分的な存在で面倒見もよく、こうしてよくミルフィも気にかけてくれている。

「……レイドもガラードもそう言うなら、気をつける」

『それにミルフィ、最後の水精霊《すいせいれい》でお姫様なんだろ？　つまり血を絶やしたくないのなら、そのうち世継ぎもつくらなきゃならん訳だしな。本当に体には気をつけた方がいいぜ』

「……ん。私もゆくゆくはと考えている。水精霊《すいせいれい》が私だけなのも寂しいから」

ミルフィがそう言った直後、何故かこちらに視線を向けてくる古竜たち。

「おいおい。皆揃ってどうした、その目は」

『いやー、まぁな？　世継ぎをつくるってつまり男も必要だろ？　そんで今のところ、一番ミルフィと親しい男っていえば……なぁ？』

ガラードは『ガハハハハ！』と茶化すように大笑した。

彼は気のいい性格なのだが、まだ若いからかどうにもこの手の話が好きなのだ。

……しかしガラードの笑い声もそう長くは続かなかった。

話を聞いていた様子のルーナが上空から降りてきて、圧力を含んだ笑みを浮かべたからだ。

『ガラード。人の相棒を捕まえて下世話な話とはいい度胸ですね？』

『げぇっ、姫様ァ!?　い、いや違うんだ。ちょっとした冗談でよ……っ！』

ルーナの圧力に耐えかねたのか、ガラードは飛んで逃げた。

その背を追い、ルーナも即座に飛び立つ。

周りの古竜たちは『いつも通りガラードが捕まる方に魚十匹』『じゃあ僕は大穴で、ガラードが運よく逃げきる方に』と謎の賭けを始めていた。

また、ミルフィは疲れたのか我関せずといった様子で昼寝を始めてしまった。

「まあ、これはこれで平和かな……うん」

なお案の定、ガラードはルーナに捕まり、普段通りに説教を食らっていた。

第八章◆猫精族《びょうせいぞく》の守護剣

アイル襲来からしばらく経ち、竜の国の混乱も収まりのんびりとした生活を取り戻しつつあった頃。

猫精族《びょうせいぞく》の集落が何やら騒がしくなっていた。

「あれ、何かあったのか？」

『どうやら猫精族《びょうせいぞく》の一部が故郷に戻りたいって騒いでいるらしいぜ？　猫精族《びょうせいぞく》の長の証である守護剣ってやつを回収したいとかでな』

あくびをするガラードは、騒いでいる猫精族《びょうせいぞく》たちを遠巻きに見守っていた。

面倒な話を嫌うガラードとしては、特に首を突っ込む気もないらしかった。

俺は様子だけでも見てみようかと近づくと、ロアナが困り顔でやってきた。

「あ、レイドお兄ちゃん！　お願い、ちょっと来て！」

ロアナに手を引かれて、猫精族《びょうせいぞく》たちの輪の中へ連れて行かれる。

すると猫精族《びょうせいぞく》の少女と長老を中心に、若人と老人たちが言い争っている様相だった。

しかも中心にいる少女の方は長老の孫娘で、確かメラリアという名前だったと記憶している。

魔物に襲われた両親が亡き今、あの子が次の猫精族《びょうせいぞく》の長になるのだったか。

前に見かけた時は、明るい黄金色の髪と猫耳を楽しげに揺らし、ロアナとマタタビパンを焼いていた。

けれど今のメラリアは尻尾の毛を逆立て耳を後ろに引き絞り、尋常ならざる怒気を纏《まと》っているように見える。

「お爺様。何度でも言いますが、メラリアたちは一度故郷に戻るべきです！　先祖が代々守ってきた守護剣がなければ、再び魔物に襲われた際に仲間も住処も守れません！」

「そうは言ってもな。知っての通り、我らの故郷は今や魔物の巣窟と成り果てた。そのような場所に未来ある若人を向かわせる訳にも、ただでさえ数の少ない一族の者を向かわせる訳にもいかん」

ガラードの言ったように、魔物に奪われた猫精族《びょうせいぞく》の故郷へ戻るか否かの話で揉めているのは間違いなかった。

さらに話もより熱くなり、一部の若者は「この老いぼれ、メラリア様の話が分からないか！」と老人へ掴みかかろうとしている始末だった。

「レイドお兄ちゃん……」

ロアナが困り顔で俺を引っ張ってきた理由がよく分かった。

このままだと怪我人が出かねないし、メラリアたちが強行しかねない。

「仕方がない。……封印術・竜縛鎖《リユウバクサ》！」

俺は封印術を起動し、メラリアたちと長老たちの間に鎖を数本引いた。

突然の魔術の発動に猫精族《びょうせいぞく》が黙り込む。

メラリアは目を細めてこちらを見つめた。

「これはレイド殿、一体どういうおつもりで？」

「仲裁の一環だよ。ひとまず子供たちも不安がっているし、全員落ち着かないか？」

するとメラリアたちも長老たちも、不安げにしているロアナたち子供を見てバツの悪そうな表情を浮かべた。

子供の手前、穏便に済ませるべきと皆が冷静に戻った様子だった。

それから猫精族《びょうせいぞく》たちは後ろへ引き絞っていた猫耳を前に戻し、各々が落ち着いていった。

「それで故郷に戻るか否か、だったか。もしよければ少し教えてほしい。俺も何か力になれるかもしれない」

「ありがとう、レイドお兄ちゃん……！」

安心したのか笑みを取り戻したロアナの頭を軽く撫でる。

俺としても、一緒に暮らす猫精族《びょうせいぞく》の問題となればできるだけ解決してやりたい。

それから俺はメラリアたちの家に連れて行かれ、そこでゆっくりと事情を聞いた。

出されたマタタビ茶を一口飲んで、聞かされた話を頭の中で整理する。

「……なるほど。つまり先日のアイル襲来で危機感を覚えて、魔王軍や魔物に対抗すべく守護剣って物を回収したいと」

「左様です。あの守護剣はかつて大いなる魔を祓《はら》ったと言い伝えられる、メラリアたち猫精族《びょうせいぞく》の長の家系が代々継承してきた大切な剣。しかし、突然故郷に押し寄せてきた魔物たちを前に、守護剣を手にする余裕もなく……」

メラリアは悔しそうに歯噛みしていた。

その守護剣さえ手にできていれば故郷を追われることもなかったと、表情から読み取れた。

「先日も魔王軍の四天王は古竜を恐れず侵攻してきたどころか、実際にこの地を炎で焼きかけました。あの時も、メラリアは仲間を連れて避難するほかなかった」

メラリアは机の上に乗せている拳を握りしめた。

「でもそれは、故郷を魔物に奪われた日の繰り返し。ただ怯え、逃げるしかない。……そんなことを繰り返したところで、ただでさえ数が少ないこの一族は、きっといずれ魔物に……。だからこそメラリアたちは守護剣を取り戻さなければならないのです、奴らに対抗する力たる剣を」

悔しそうなメラリアに、口を閉ざしていた長老が唸《うな》った。

「メラリアよ、お前の話もよく分かる。だが、だからといって、一族の者を魔物に奪われた故郷に、死地に向かわせるなどできぬ。魔物への対抗策は守護剣とはまた別に、古竜と共に我々なりに考えてゆくものと納得してはもらえぬか」

長老の語る言葉は非常に現実的な解答に思えた。

このまま古竜と助け合いながら共に生き抜き、魔物や魔族に対抗する道を模索するのが最も賢いだろう。

……けれどメラリアを見れば震えており、目元には雫が溜まっていた。

「しかし……お爺様！　メラリアは誓ったのです。故郷が魔物に襲われたあの日、メラリアを庇ってあの世へ旅立った父と母に。いつか守護剣も故郷も魔物たちから取り戻し、一族の者と帰ってくると！　それにきっとこのままでは、一族の者たちは全員竜の国にずっと居着いてしまう。あんなに素敵な、竜の国に負けぬほどに美しかった故郷があったのも忘れて。魔物にはもう敵わないと、一族の営みと誇りをかつての輝きと捨てて諦めてしまう。メラリアはそれも、とても怖い……！」

嗚咽《おえつ》を漏らすメラリアの言葉は、こちらの心にも強く響くようだった。

将来、猫精族《びょうせいぞく》を纏める長になる者として、両親との約束を果たそうとする一人の少女として。

メラリアなりに考え、その末に危険を冒してでも故郷に帰って守護剣を取り戻すと言っているのだ。

この先、猫精族《びょうせいぞく》が魔物に脅かされず、誇りを持って生きていけるように。

その末にいつか、猫精族《びょうせいぞく》全員が元の故郷に戻れるように。

「メラリア、君の話はよく分かったよ。魔物に奪われた故郷に戻るなんて、無謀な話をした理由も」

「……ならばレイド殿も、無謀だから諦めろと言うのですか？」

メラリアの瞳には、思いを否定されるのではという恐れと、何を言われても思いを貫く覚悟が灯っているように感じられた。

だからこそ俺は「違う」と首を横に振った。

「そんなに強い思いがあるからこそ、俺も力を貸したくなったよ。俺の一族は、もう俺しか残っていないけどさ。でも一族を、家族を大切にしたいってメラリアの思いはよく分かる」

そう、メラリアの思いの根っこにあるのは間違いなく、家族を大切にしたいという思いだ。

両親との約束を守りたい、家族同然の一族の将来を守りたい。

大好きな家族を早くに亡くし、フェイたちとも別れた俺だからこそ、メラリアの家族を大事にしたいという思いは痛いほどに分かった。

「レイド殿、では……！」

「猫精族《びょうせいぞく》の故郷へ、俺も一緒に行く。君を導く力になる。それで危ないけどルーナにも一緒に来てくれるよう頼んでみるよ」

それから俺は改めて長老に向き直り、頭を下げた。

「長老さん、どうか俺やメラリアが猫精族《びょうせいぞく》の故郷へ向かうのを許していただけませんか。守護剣を回収して、必ず無事にメラリアたちも連れ帰るとお約束します」

長老は白い髭を手で揉み、しばし「うぅむ……」と考え込むように唸った。

「……年寄りが若人を妨げるなと、儂も昔は長老によく食ってかかったか」

「……！　お爺様、では！」

勢いよく立ち上がったメラリア。

長老は一度、深く頷いた。

「古竜の姫を従え、魔王軍四天王の一角を破ったレイド殿がそこまで仰られるのであれば。この老骨、未来を切り拓《ひら》いてゆく若人の力を信じたく思います。我が孫娘を、どうか頼みますぞ」

長老は温かな声音で、俺たちの出立を許してくれた。

それから俺たちはその日のうちに、猫精族《びょうせいぞく》の故郷があった場所へ向かう準備を進めていった。

猫精族《びょうせいぞく》の里へ出発する日の早朝。

朝日が眩しく、雨に降られて古竜の翼が鈍る恐れもない快晴だ。

俺は古竜の姿になったルーナの背に、旅の荷物を括り付けながら話しかけた。

「悪いなルーナ。俺たちを連れて行くだけじゃなく、荷物まで運ばせちゃって」

食糧に毛布、それに猫精族《びょうせいぞく》の作る伝統的なテントを解体したものなど。

どうにかコンパクトに纏めたそれらを、ルーナは嫌な顔ひとつせず担いでくれた。

『構いませんよ、この姿の私からすればほんの小さな荷物ですから。それにあなたが行くと言うのですから、私も同行するのは当然です。レイドが私を助けてくれたように、どんな時でも力になります』

頼もしいルーナにありがたさを感じつつ、俺は横へ視線を向ける。

「それにしてもルーナはともかく、まさかガラードまで一緒に来てくれるなんてな」

『へへっ、姫様が行くなら護衛くらい必要だろ？　何より久々の旅は面白そうだしよ。安心しな、ヘマはしねーさ……ってロアナ、ちょっと縄がキツイぜ』

「だって、ガラードは飛び方が荒いし。これくらい強く括り付けないと荷物が落ちちゃうもん」

ガラードはロアナによって、体に荷物を括り付けられていた。

こんな調子ではあるが、ガラードは竜の国にいる古竜の中でも腕利きだ。

前に多くの若い古竜たちが取っ組み合う喧嘩に殴り込み、十体もの彼らを地に伏せさせ喧嘩を収束させたという。

それに必要とされればしっかりと力を貸してくれる好漢《こうかん》でもある。

「メラリア、そっちも準備はいいか？」

「メラリアは大丈夫です。しかし……」

「えぇい、どうして妾も一緒に行かねばならんのだ⁉」

「……当然。竜の国に置いて行ったら何をしでかすか分からないから」

騒ぎ立てるアイルとそれを諫めるミルフィを見て、メラリアはどこか不安げにしていた。

「アイル、メラリアが心配そうにしているからしばらく黙ってくれ」

「……⁉」

命令すると、テイムの紋章が効果を発揮して輝き、アイルを強引に黙らせた。

ちなみにこの旅のメンバーは俺、ルーナ、ガラード、メラリア、ロアナ、ミルフィ、アイルの七名で、少数精鋭で素早く目的地へ向かう計画である。

魔物のいる地へ行く以上、精霊のミルフィは当然戦力になるし、アイルも魔族としての力を必要に応じて振るってもらうつもりだ。

ロアナはメラリアと同じく道案内役で、古竜二体に乗って行く都合上、道案内役も二体の上に一人ずつ乗るべきと判断した次第だ。

……なお当初、道案内役二人目は当然大人の猫精族《びょうせいぞく》をと考えていたのだが、ロアナが「皆が行くならあたしも絶対一緒に行く！」と譲らず、抜擢されるに至った。

種族的な能力の他、テイムの効果もありロアナの筋力は大人の人間を軽く凌駕しているので、いざとなれば一人でも切り抜けられるだろう。

諸々の準備を整えた後、俺たちはルーナとガラードの背に乗った。

俺とメラリアがルーナの上へ、ミルフィとロアナとアイルがガラードの上へ。

ガラードの方がルーナより体格がいいので、少女三人を無理なく背に乗せられたのだ。

「レイド殿、出発前に改めて感謝を。メラリアたちだけで行けば、全滅の可能性すらありました。ですがレイド殿が力を貸してくれたお陰で、こんなにも素晴らしい面々が集まった」

「お礼なら、全員無事に戻った後でな。それじゃあ行こうか。ルーナ！」

『掴まっていてくださいね！』

『おう、俺の上に乗っているお嬢様がた三人も落っこちねーようにな！』

ルーナとガラードは翼を広げ、一気に蒼穹へと上昇していく。

そうしてそのまま、メラリアの案内通りに猫精族《びょうせいぞく》の里へと向かっていった。

このようにして始まったルーナとガラードによる空の旅路は、快適かつ快調と言えるものだった。

古竜の作る魔力の防壁で、背にいるこちらまで風も強く吹き付けてこないし、寧ろ心地いいと思えるほどだった。

青空の中、地上の景色にロアナたちが歓声を上げ、休憩する際は山奥の泉でのんびりと過ごした。

ミルフィは大喜びして、一緒にはしゃいだロアナに抱えられて共に泉に落下したアイルはげんなりとした様子だった。

そんな休憩を挟んで山々を超え、日が暮れる頃になって俺たちは野営を始めた。

マタタビの花の刺繍《ししゅう》が施されたテントを組み立てて一息つく頃には、既に星々が輝く時間帯になっていた。

冷たい夜風を避けるべく、ひとまずテントの中へと入り込む。

……野晒しではなく、雨風を凌《しの》げる場所に入って座るだけで、大分落ち着くものである。

「この調子なら、明日にはメラリアたちの里に着くと思います。今でも魔物が多く闊歩《かっぽ》しているものと思うので、レイド殿たちも戦闘に備え、今夜は十分休息を」

「魔物が多く……か。ちなみに猫精族《びょうせいぞく》の里を襲ってきた魔物はどんな種類だったんだ？」

身体能力に長ける猫精族《びょうせいぞく》を一族丸ごと故郷から追い出す魔物、強大なのは間違いない。

思い出せば当時の記憶が蘇って苦痛だろうと、今までは遠慮もあって聞くに聞けなかったが、明日のためにも知っておくべきだろう。

するとメラリアは俯きがちに言った。

「……襲ってきた魔物は、コボルトやゴブリン、果てはミノタウロスまで。魔物が徒党を組むなんてと思った矢先、巨大な三つ首のヒュドラが……」

「何、三つ首のヒュドラだと？」

ぴくりと耳を動かしたのは、アイルだった。

「アイル、そいつに心当たりでもあるのか？」

「うむ。三つ首のヒュドラとなれば、四天王ヴァーゼルの飼い魔物として魔界では有名だった。いや、たまたまかもしれぬが……」

「……でも、魔物が徒党を組んで襲って来るって。アイルが竜の国に来た時と、同じ」

ミルフィの発言に、その場にいた全員が頷いた。

つまり、つまりだ。

「猫精族《びょうせいぞく》の里を襲った下手人は、目的は不明ながらそのヴァーゼルって奴の可能性が出てきたと」

『ケッ。いけ好かねぇなぁ。数に物を言わせるなんざ、男らしくねぇや』

「おいガラード、妾を尻尾で叩くでない。その一件、妾は関与していないが故に」

テントに尾を入れ、ぺしぺしとからかうようにアイルを叩いていたガラードだが、遂にアイルの口から苦情が漏れた。

また、人間の姿となって俺の横に座っていたルーナが言った。

『猫精族《びょうせいぞく》の里が魔王軍四天王の勢力下にあるなら、明日かち合う可能性もありそうですね。……アイル。そのヴァーゼルはどのような力を持った者なのですか？』

「うーむ。それは……」

その場にいた全員が固唾を呑む思いでいると、腕を組んだアイルはあっけらかんと言った。

「知らんっ！」

『……今更隠しごとですか？』

「ち、違うわっ！　そもそも妾はレイドの下僕となり隠しごともできない状態、だからそんな怖い顔で寄るな頼むぅ!?」

魔力を纏わせた手刀を構えたルーナに、アイルは半ば泣きそうな声となった。

「ヴァーゼルの奴は秘密主義な部分があったので、奴の素性も能力も魔王様しか知らぬ！　圧倒的な戦闘能力と剣魔の二つ名以外、妾もほぼ知らぬのだ。何より奴は能力を知られぬよう、出会った敵を皆殺しにしていったようで、それほどに用心深い。本人が猫精族《びょうせいぞく》の里を襲わず、配下のヒュドラたちのみを向かわせているあたりからもそれは窺えよう！」

同じ四天王にさえ情報を漏らさないヴァーゼルに、どこか不気味さを覚えた。

また、ヴァーゼルは魔王に匹敵するほどの力を持つと前にアイルも言っていたので、明日はより慎重に行動した方がよさそうだ。

そういう話でまとまった俺たちは、土地勘のあるメラリアやロアナを中心にして、明日の計画を練っていった。

『ここが猫精族《びょうせいぞく》の里か、酷い有様だぜ……』

猫精族《びょうせいぞく》の里に踏み入った際、ガラードは顔を顰めていた。

誰も管理していないから草木が生え放題なのは当然として、建物も廃墟同然となっている。

魔物に破壊された痕跡がそのまま残り、建物には血痕らしきものが赤黒くこびり付いている。

魔物か猫精族《びょうせいぞく》のものかも分からない骨が各所に転がり、かつてここで何があったかを強く示している。

「あたしたちの里、ただいま……」

ロアナは涙ぐんだ表情であり、メラリアは歯を食いしばって震えていた。

「魔物さえ来なければ、里だってこんな……！」

「二人とも、感傷に浸るのは後だ。今は守護剣を取り戻さないと」

そう伝えると、メラリアは一度深呼吸した。

「……レイド殿、分かっています。あの剣さえあれば、いずれ猫精族《びょうせいぞく》の里を取り返すこともできるはず。我が未来の同胞たちのためにも、必ずや」

周囲の魔物の気配を確認しながら、俺たちはメラリアの後に続いていく。

「この先にある里長の家、その地下の大空洞に守護剣は保管されています。中は強い結界に守られているので、魔物には踏み荒らされていないと思いますが……」

「でも、あそこは里の真ん中にあるから。きっと魔物もうろついているはずだよ」

ロアナの言葉に、メラリアは「確かに」と頷いた。

『周りから魔物の匂いもします。多少の接触は避けられないでしょうね。それにこの匂いは……』

ルーナは大気の匂いを嗅いだ後、アイルの匂いも嗅いだ。

『アイルと似た魔力の匂いがします、これは……！』

『来るぞっ！』

ルーナとガラードが翼で一行を覆い隠した直後、周囲に炎の竜巻が吹き荒れた。

「まさかこの炎、アイルじゃないよな？」

「レイド！　貴様にテイムされている妾に何ができようか!?」

睨《にら》んでみると、アイルは納得がいかないといった様子で騒いでいた。

それから炎が収まり翼の下から出ると、廃墟の上から誰かがこちらを見下ろしていた。

「わーぉ、流石は古竜の翼だァ。俺の炎を通さんか！」

「さっさと終わってくれたら楽だったのにねー」

俺たちを見下ろしていたのは、髪を緋色に染めた浅黒い肌の男と、新緑のような明るい髪色の少女だった。

しかし二人とも、背から人間離れした一対の翼を生やしており、衣服には周辺の国ではあまり見ない特徴的な文様があった。

さらに、竜の国を焼き尽くす勢いだったアイルに匹敵するほどの魔力量を感じる。

「レイド！　こやつらは四天王、剣魔のヴァーゼル直属の魔族、剣魔の六眷属だ。かつての戦で幾名か死んだと聞いたが、この時代でも生き残りがいるとは」

アイルが話すと、魔族の少女は眠たげな表情で首を傾げた。

「あれっ？　アイル様、どうしてそいつらと一緒にいるのー？　どうせ猫精族《びょうせいぞく》が剣を取り戻しにそのうち来るからって、ヴァーゼル様に言われて見張っていたけど。アイル様が来るのは予想外かなーと」

「ほぅ！　どうやらヴァーゼル様が水精霊《すいせいれい》の里に差し向けた魔物共、無事にアイル様の封印を解いたらしいなァ！　つっても、相方が言った通りにどうしてアイル様が人間と一緒にいるかは気になるとこだけどなッ！　……まさか捕虜になっていたりとか、しないっすよね？」

疑うように目を細めた男。

なお、図星を突かれたアイルは即座に俺の後ろに隠れて一言。

「黙秘権を行使する」

「だめだこの四天王……」

せめて言いくるめる程度の努力はしてほしい。

「……待って」

「ん？　どうしたおチビちゃん……ってお前、水精霊《すいせいれい》かッ！　まだ生き残りがいたとはなァ」

声をかけたミルフィに、魔族の男は相変わらず陽気というか、わざとらしくおどけた反応を見せる。

一方でミルフィの表情は硬く、声音も押し殺したようだった。

「……今、ヴァーゼルが水精霊《すいせいれい》の里に魔物を差し向けたとあなたは言った。つまり、この里を魔物に襲わせただけじゃなく、水精霊《すいせいれい》の里を魔物で滅ぼしたのも……！」

「正解。私たちの主人、ヴァーゼル様のお導き。魔王軍四天王のアイル様を封じるほどの一族、生かしておけば邪魔になるのは明白。だからこそアイル様を解放するついでに、隙を突いてねー。……って寸法だったんだけども」

魔族の少女はため息交じりにアイルに視線を向ける。

「ヴァーゼル様の意図も、あの様子ではアイル様には伝わっていないようだけどねー。てっきり捕虜になったならもうばらされていると思ったけど、単に理解していなかったと」

「……うっ！」

背に隠れているアイルのそれらしい反応を感じ、思わず「おい」と呟く。

アイルの考えなしとヴァーゼルの強かさが同時に表れる形になってしまった。

「……私たちの一族を、よくも……！」

魔力を開放し、魔法で水を生成していくミルフィは既に臨戦態勢だった。

怒りで息を乱すミルフィは、数秒もしないうちに攻撃を仕掛ける気配がある。

それに応じ、魔族の男の方は炎の魔力を、少女の方は風の魔力を開放していく。

感じられる魔力量は並の竜種を上回っており、アイルと同水準だ。

やはり魔族の力は化け物じみている。

それに魔力の基本属性は大きく分ければ六つ。

炎、水、風、地、光、闇。

剣魔の六眷属と言うからには、各六属性の精鋭魔族がいたのだろうと察せられた。

「剣魔の六眷属が一人、鬼火のゴラスッ！　ヴァーゼル様の命令だ。剣を取りに来た奴は猫精族《びょうせいぞく》以外、全部燃やしていいってなァ！」

「同じく、緑風のシル。眠いから、手早く済ませたいわねー」

「ああ、とっとと終わらせてやる！」

俺がそう言った直後、ゴラスとシルの立っていた廃墟の下から封印術の鎖が何本も飛び出した。

奴らが話をしている隙を突いて、封印術を密かに起動させ、地下に鎖を仕込んでいたのだ。

向こうに悟られないよう、ゆっくりと口籠るように詠唱するのは苦労した。

――アイルの相手をしてよく分かった。たとえ魔族でも、魔法を使われる前に封印術で縛れば速攻で片付く！

「この気配、まさか封印術……！　あり得ない⁉」

シルが目を見開いた瞬間、封印術の鎖が魔族二人に殺到する。

「テ、テメェ卑怯だぞッ！　名乗りの最中に不意打ちの仕込みとかッ⁉　騎士道精神とか知らないのかッ！」

「魔族にも騎士道精神って概念は共通であるのか……」

アイルにも似たような話をされたのを思い出す。

そもそも不意打ちを仕掛けてきたのは向こうなので、文句を言われる筋合いもない。

そう思いつつも魔族二人を拘束した俺は、メラリアたちに言った。

「この隙に守護剣を回収してくるんだ。急がないと魔物も集まって……」

「……ま、少し驚いたが。こんな鎖がどうしたよォッ！」

見上げると、封印術の鎖で縛っていたゴラスが全身の筋力を隆起させ、あろうことか鎖を引き千切る勢いで抗っていた。

ルーナは唖然《あぜん》とした表情を浮かべている。

『馬鹿な！　対竜用の魔術に、筋力で抗うなんて……！』

『姫様、あっちばかりにかまけている暇もなさそうだぜ？　どうやらお出ましらしいぞ！』

ガラードが構えた直後、周囲の地面が弾けて地下から魔物が現れた。

紫の鱗を持った大樹のような四肢、古竜並みの巨躯と、そこから伸びる三本の首と蛇似の頭部。

件《くだん》の三つ首のヒュドラで間違いない。

さらにヒュドラの這い出てきた大穴から、牛頭の巨人ミノタウロスや、コボルトなど、凶悪な魔物が俺たちを囲むように次々に這い出てくる。

恐らくは、あの魔族二人の配下。

戦闘音を聞きつけて集まってきたのか。

「……ガラード、ここで足止めを食らっていてもキリがない。メラリアたちを連れて、先に守護剣を確保しに行ってくれ！　アイルも付いて行って、皆を守ってくれ！」

『よしきた、任せやがれよっ！』

「わ、妾の体がまた勝手にぃ！　……この体が痺れる感じ、癖になりそうな……!?」

ガラードのブレスと魔法を開放したアイルの爆炎が、魔物を吹っ飛ばして包囲網に穴を開けた。

魔物たちを蹴散らしながら、この場から離脱していく。

「レイド殿！」

「レイドお兄ちゃん！」

「守護剣を手に入れたら脱出する！　メラリアもロアナも行くんだ！」

メラリアとロアナは何か言いたげだったが、覚悟を決めたようでガラードたちと一緒に守護剣の元へ向かっていった。

「できればミルフィにも行ってほしいんだけど……」

「……無理な相談。奴らを完全に抑えるまで、私は動かない」

封印術から抜け出しつつあるゴラスを見て、ミルフィは目を細めた。

「しっかしこの封印術、明らかに並じゃないよ……なァッ！」

「……させない！」

鎖を引き千切りかけたゴラスに対し、ミルフィは魔法で水弾を生み出して奴へと放った。

宙に浮かぶ水弾は大きな木の実ほどの大きさながら、その速度と威力は廃墟の一角を穿ち抜くほどだった。

「ぐっ、あのチビ精霊、中々……!?」

炎の魔族らしいゴラスには、ミルフィの水系魔法は効果覿面と見える。

顔を歪めるゴラスへと、俺も封印術を重ねがけしにかかった。

「封印術・竜縛鎖《リュウバクサ》！」

「チッ、まだ鎖を出せるのかッ！」

魔法陣を展開し、縛る鎖を倍増させた結果、今度こそゴラスは呻きながら倒れた。

あんな馬鹿げた魔力の奴を自由にさせたら、それこそ形勢が逆転しかねない。

危なかったなと安堵していると、先ほどから黙り込んでいたシルが封印術の鎖を見て呟いた。

「この鎖状の封印術、やっぱり見覚えがあるなーと。ゴラスはどう？」

「ケッ！　俺もだッ！　あの皇竜騎士《インペリアルドラグーン》と同じ、魔力を封じ込める忌々しい鎖……ッ！」

「お前、まさかあの皇竜騎士《インペリアルドラグーン》の子孫？　魔王様が封印された後、ヴァーゼル様が根絶やしにしたはずなのに。なんで血が繋がっているのー？」

「……？」

そういえば、アイルも俺の封印術を見て「皇竜騎士《インペリアルドラグーン》の末裔」と言っていた。

でも俺の家は代々ドラゴンテイマーとして神竜帝国に仕えていた。

根絶やしにしたとは、一体どういう話だ。

深掘りして聞き出そうとした時、視界の端から三つ首のヒュドラが突撃してくるのが見えた。

『ギュオオオオオオオオ！』

「話は後か……！　封印術・蛇縛鎖《ジャバクサ》！」

遠距離型の封印術を起動してヒュドラの動きを牽制しつつ、距離を取る。

ヒュドラは毒霧のブレスを吐き出す魔物で、再生力も高く、その鱗は竜と同じく頑丈だ。

並の神竜帝国の騎士なら二十人がかりでも敵わない相手だが、こちらには古竜の相棒がいる。

「封印術・重竜縛鎖《ジュウリユウバクサ》！　ルーナ、頼む！」

『畳み掛けます！』

多大な魔力と引き換えに、特大の鎖を十本ほど魔法陣から引き出しヒュドラを縛ると、この場に残っていたルーナがヒュドラへとブレスを叩き込む。

如何に魔力耐性が高いヒュドラの鱗も、古竜の超高密度魔力ブレスの前には無力に等しい。

胴を貫通されたヒュドラの体はごっそりと穿《うが》たれ、再生する間もなく絶命して倒れ込んだ。

ルーナはさらに尾を振り回し、小型の魔物を打ち払ってゆく。

『レイド、今は魔物に集中しましょう！』

「一気に終わらせるぞ！」

ルーナは一気に魔力を開放し、魔物の群れへと突撃した。

次いでブレスを横薙ぎにするように放っていき、魔物を端から片付けていく。

その場から逃れようとした魔物については俺が封印術で縛り付け、その隙にミルフィが水弾で確殺する。

ルーナの攻めを中心に据え、古竜の戦闘能力を十分に活かした立ち回りで、軽く三十体は並んでいた魔物たちは、あっという間に駆逐されていった。

立っている敵がいないのを確認し、俺は肩の力を抜いた。

「向こうにはガラードもいるし、この分ならロアナたちも大丈夫だろうな」

『彼の力は古竜の中でも上位ですから。守護剣のもとまでは問題なく辿り着けるかと』

「……こっちの方は、レイドが魔族を拘束したお陰」

「不意打ちが上手くいっただけだよ。……ん っ？」

突如として、魔族二人を拘束している廃墟の上に一つの影が現れた。

……否。影に見えたのは漆黒の外套《がいとう》で、そいつも背から巨大な翼を生やしている。

ともかく音も気配もなく空から現れた漆黒の魔族は、短剣でゴラスとシルを拘束している鎖を切り裂いてしまった。

――嘘だろ、多くの魔力を込めた渾身の封印術を物理的に……!?

「ゴラス及びシルの魔力反応の消失、原因判明。魔術による魔力封印。……両名の解放、完了」

「ケッ、おせーんだよファントルスッ！　このままやられるんじゃないかとヒヤヒヤしたッ！」

「助かったー、感謝するわ」

ファントルスと呼ばれた魔族の男は、よく見れば東洋の忍者のような出で立ちをしている。

漆黒の頭巾で頭を、口元を面頬でそれぞれ覆い隠し、全身も同じ色の和装だ。

奴は感情の読み取れない瞳でこちらを眺めてから、屋根を蹴ってこちらへと肉薄してきた。

残像を残すほどの速度に背筋が凍る。

「封印術の使い手を確認。危険度、最上級と判断」

「速っ……！」

勘任せに体を捻って短剣の振りを紙一重で回避。

直後、ファントルスが短剣を水平に持ち替え、腰を落として構えた。

「技量を確認。……暗牙穿刀《アサシネイト》！」

「お前、その構えは！」

ファントルスが繰り出してきたのは、心臓を狙った刺突。

だが単なる刺突ではなく、短剣の刃へ魔力を流し込むのに最適な姿勢での一閃だ。

まともに食らえば体を魔力強化していても肋骨ごと内臓を絶たれる。

『レイド！』

ルーナがブレスでファントルスを牽制し、その隙に俺は地を蹴ってルーナの背へと退避する。

ファントルスもルーナのブレスを肩に掠め、大きく後退していた。

油断なく短剣を構える奴を眺めつつ、先ほどの技を思い出す。

――あの技、見覚えがある。

魔族特有の高魔力と独自のアレンジで速度も威力も大幅に上がっており、技名は初めて聞くものだった。

それでも今の技の大元《オリジナル》は、神竜帝国式・竜騎士戦剣術の暗牙穿刀《アンガセントウ》で間違いない。

俺の扱う竜騎士戦闘術は徒手空拳が基本だが、神竜帝国式の型にも戦闘術、戦剣術、戦槍術、戦弓術など様々なものがある。

……あるのだが、問題となるのは……。

「どうして魔族がその技を扱える？　地下に潜む種族なら、神竜帝国とは繋がりなんてなかっただろう」

「……」

ファントルスはこちらの問いかけに応じない。

返事の代わりに殺意を送ってくるのみだ。

――なんにせよ、高い魔力から練り出される魔法に加えて、近接戦闘まで自由自在とは恐れ入った。

剣魔の六眷属、ますます正面から相手をしたくない相手だ。

構えを解かないファントルスに対し、俺も神竜帝国式・竜騎士戦闘術の構えを取る。

奴の脚力なら、ルーナの背にいるこちらにまで一息で届く。

一挙手一投足を見逃すまいと気張れば、それまで静かだったファントルスが語り出した。

「封印術の使い手の技量、確認完了。敵勢力に古竜種を確認。殲滅《せんめつ》以上に、ヴァーゼル様への報告が最優先と判断」

「同感よー。私たちを縛り付けるほどの封印術を扱う、古竜を従える男。明らかに皇竜騎士《インペリアルドラグーン》の末裔にして再来。……まずはヴァーゼル様の判断を仰ぐ必要はあるかもね」

気の抜けるような声で、シルは軽々と言った。

また皇竜騎士《インペリアルドラグーン》という言葉が出てきたが、俺のご先祖様は何者なのだろう。

しかもさっき、俺の一族がヴァーゼルに根絶やしにされたとか聞こえたが……。

「おい、詳しく話を……！」

「速やかな撤退を推奨」

無機質に告げたファントルスが翼を広げて飛び上がった直後、ゴラスとシルもそれに続いて空へ舞い上がった。

『逃がしません。レイドの一族についての話も、まだ聞いていませんよ！』

ルーナが上空へとブレスを放つが、魔族三人は軽やかに避けていく。

古竜のブレスから逃れるほどの飛行能力、これも魔族の特徴なのか。

最後にゴラスはこちらへ振り向き、怒声を張り上げた。

「おい、そこの人間ッ！　次会ったら剣魔の六眷属の肩書きにかけて、今度こそお前の首を取ってやるぜッ！　百年前にヴァーゼル様が根絶やしにし損ねた血筋、俺が確実に絶やしてやるッ！」

そう言い残し、ゴラスは仲間と共に撤退していった。

『レイド、追いますか？』

「……やめておこう。ロアナやメラリアたちも心配だから。でも……」

たった今ゴラスが言った、百年前という言葉で閃きが駆け抜けた。

実家にあった家系図が乱れていたのは、思えば約百年前の箇所だ。

妙に乱れて途切れているような箇所が散見されたのは……つまり。

「ヴァーゼルに狙われて一族の人間が生死不明になったり、行方不明になったからなのか……？」

それに俺の一家の他にドラゴンテイマーの一族がいなかった理由、それもヴァーゼルに一族が狙われて数を減らしたからだとすれば説明もつく。

……あくまで憶測の域を出ないし、妄想と言われればそれまでではあるが。

「真実がどうであれ、ヴァーゼルって魔族とは因縁がありそうだな」

水精霊《すいせいれい》に猫精族《びょうせいぞく》、それに俺のドラゴンテイマーの一族と、ヴァーゼルは明らかに特定の一族を狙い、襲っている様子だ。

さらに剣魔の六眷属の中には神竜帝国式の技を使う魔族までいるときた。

――また後でアイルに会ったら、改めて詳しく話を聞いてみよう。

そう思いながら、俺はルーナやミルフィを連れ、守護剣を回収しに向かった皆のもとへ急いだ。

「魔王様を封じるほどの封印術を扱う一族など、魔族にとって天敵以上の何ものでもない。ヴァーゼルからすれば、一族郎党を皆殺しにするのも当たり前と思うがな」

合流してから事の顛末を説明すると、アイルはあっけらかんとそう言った。

「でも、俺の一族は帝国でだな」

「スキルもあって、ドラゴンテイマーを代々生業にしていたと言いたいのだろう？　封印術もあくまで、竜をテイムする手段に過ぎぬと」

頷くと、アイルは首を横に振った。

「その件だが、恐らく逆だな。レイドの一族はドラゴンテイマーだから封印術を扱えるのではなく、竜や魔族を縛れるほどの封印術を扱えるからドラゴンテイマーになれたのではないか？　妾から言わせれば【ドラゴンテイマー】スキルの方は、レイドの一族がテイマーとして働き始めたから発現したようにも考えられる。人間のスキルには、個人や一族の生活様式が変化することで変質して発生するものもある、と聞くのでな」

「確かにスキルが変質するって話は聞くな……」

たとえば、生まれつき【射手】スキルを持っていても、稀に血の滲むような剣技の鍛錬の末に【剣術】系スキルに変化するようなケースもあるとか。

つまり一族が全員テイマーとしての生活を始めれば、後々生まれる子供たちには【テイマー】系スキルが発現するようになるといったところだろうか。

「それに妾も段々と思い出してきたが、やはり貴様の封印術は魔力の気配も見た目も、皇竜騎士《インペリアルドラグーン》のものと瓜二つだ。あの六眷属共も、封印術を見てからレイドが皇竜騎士《インペリアルドラグーン》の末裔と判断したのだろう？　ならば間違いようもない。長い年月とヴァーゼルによる一族狩りで伝承も途切れたのだろうが、レイドは皇竜騎士《インペリアルドラグーン》の末裔だ。……魔王様復活が迫り魔物が活発化し、残った四天王が動き始めた中、レイドが古竜と出会ったのも運命かもしれぬな」

「運命、それって俺がルーナと一緒に魔王を倒す……とかか？」

「さてな。魔族の妾としては、魔王様を倒してなどほしくないのだが……ふむ」

アイルはちらりと後ろへ振り向き、盛大にため息を漏らした。

「おい貴様ら。こっちの話は一段落したが、まだ封印は解けぬのか？」

問いかけの先には、汗をかいているロアナとメラリアの姿があった。

「もう少し待ってください。メラリアたちも苦労しているのです」

「あたしも頑張っているけど……うにゃぁぁぁぁぁっ！」

猫精族《びょうせいぞく》の長の家、その地下にある洞窟にて、ロアナとメラリアが拳打……つまりは力技で守護剣を守る結界を破ろうとしていた。

結界は半透明状の壁であり、これを壊さないことには先へ進めない。

他の方法はないのかとさっき聞いたが、この結界は独特の魔力が体内に流れている猫精族《びょうせいぞく》のみが破壊できる仕様になっているとか。

先ほどルーナが古竜の姿となり試しにブレスを放とうと提案したものの、この地下空間が崩壊しかねないので即却下となった。

かくしてロアナとメラリアが頑張っているのだが、一向に結界を破れる気配がない。

なので一つ、策を考えてみる。

「ロアナ、ちょっと手を貸してくれ」

「ほぇ？」

疲労でへたり込んだロアナの手を握り、俺は魔力を流し込んでいく。

テイマーはテイムしている対象を強化できるが、多くの魔力を直接流し込めば、その効果は短時間ながら著しく跳ね上がる。

筋力でいえば、最大で数倍ほどにまで達する。

「凄い、体の中で炎が燃えて力になるような感覚……！」

ロアナは自分の手を開閉して、きゅっと握った。

「たったの十秒くらいだけど、これで力も大幅に上がっている。一気に結界を壊してくれ」

「よーし！　ふんっ!!」

気合いを込め、ロアナが正拳突きを繰り出すと、結界に大きく亀裂が入り始める。

それは一秒ごとに拡大していき、最後に結界はガラス細工のように砕け散った。

その様を見て、メラリアは「大人でもあんな力は……！」と声を上擦らせた。

「さあ、早いところ守護剣を回収しよう。六眷属たちが戻ってくる可能性もある」

俺たちは松明《たいまつ》で明かりを確保し、洞窟の最奥部まで移動する。

するとそこには澄んだ湧き水の溜まる泉があり、その中に一振りの剣が沈んでいた。

柄や鞘には黄金の装飾が施され、一見して儀礼用の宝剣にも見える美しさを秘めている。

全員で見惚れていると、アイルが目を剥いた。

「なっ、こ、これは⁉」

「アイル、知っているのか？」

問いかけると、テイムの紋様が輝いてアイルが渋々といった様子で話し出す。

「……これは皇竜騎士《インペリアルドラグーン》の所持していた、魔王様と対等に切り結んだ剣。神竜皇剣リ・エデン。俗に言う聖剣の一種だ。かつて古竜が秘宝としていた真神鉄《ミスリル》を神竜帝国の名工が数年がかりで鍛え上げ、神竜によって聖光、即ち魔滅の加護を受けたと聞いている。まさかこのような場所にあろうとは……」

それからアイルは腕を組んで、小難しげな表情になった。

「神竜皇剣の沈むこの泉の水、魔族の触れられぬ聖水か。……ふむ。六眷属たちがこの地に戻ってくる猫精族《びょうせいぞく》たちを待ち構えていたのは、捕らえてこの剣を回収させるためだったか。大方、奴らもこの里を攻めた後で結界や聖水に気付き、剣の回収や破壊が困難と理解したのであろう。それと……」

『猫精族《びょうせいぞく》の里がヴァーゼル配下の魔物に襲われた理由も、これではっきりしましたね』

ルーナは聖水に手を浸しながらそう言った。

「四天王のアイルを封印できる水精霊《すいせいれい》に、魔族を封じることができる封印術を持つ俺の一族。さらに魔王を追い詰めた武器を守護剣として保管する猫精族《びょうせいぞく》……ヴァーゼルも狙う訳だ」

魔王復活の下準備として邪魔な種族を次々に滅ぼし、復活後の憂いを断つ、という考え方。

ヴァーゼルは用心深いと聞いていたが、確かに用意周到な奴で間違いない。

「でも、どうしてこんな凄い剣があたしたちの里に？」

ロアナが小さく首を傾げれば、アイルが答えた。

「思えば、妾が封印される直前の皇竜騎士《インペリアルドラグーン》のパーティーには猫耳の娘がいたという報告があったが。今思えばその娘、獣人ではなく猫精族《びょうせいぞく》だったのかもしれん」

「そのツテで皇竜騎士《インペリアルドラグーン》亡き後、剣はこの里で大切に守られてきたと」

「この剣には強大な魔を滅する力が込められていると両親から聞いていましたが。まさかそれほどまでの代物とは……」

メラリアは泉へと入り、神竜皇剣リ・エデンを両腕で抱えた。

戻った彼女が剣を引き抜けば、剣身には錆びや傷の一つもなく、適当に振っただけでも、あの三つ首のヒュドラを容易く葬れるほどの魔力を感じられた。

魔力は古竜のブレスにも匹敵するほどで、剣から発されているとは思えないほどに研ぎ澄まされている。

神竜帝国でも魔力を宿した武装を何度か目にした経験はあったが、この一振りに敵うものは間違いなく、あの中にはなかった。

――こんな剣がこの世にあるなんて。これこそおとぎ話や伝承の中に出てきた聖剣そのものだ。

『目的は達しました。急いでここから離脱しましょう。地上からここを崩されてはひとたまりもありません』

ルーナの提案を受け、俺たちは地上へと戻った。

古竜の姿に戻ったルーナとガラードの背に乗って、そのまま竜の国まで帰還した。


『魔王軍の四天王が魔物を使役し、各地の種族を滅ぼして回っている……か。交流のない種族も含めれば、どれだけの者がその四天王に消されてきたか見当もつかんな』

帰還直後に諸々を報告すると、竜王は前脚を鼻先に当てて考え込んだ。

『お父様、これは竜の国にとっても大事かと。かつて魔王に敵対した種族をヴァーゼルが潰しているとなれば、じきに竜の国にも魔の手が伸びる可能性があります』

『うむ。ルーナの言う通りではあるが……。ワシが気になっているのはもう一つ。レイドよ、お主の一族についてだ。アイルとやら曰く、お主は皇竜騎士《インペリアルドラグーン》の末裔。しかしお主はそれを知らずに育ち、両親も同様だったと』

「はい。俺はずっと、自分の一族は単なるドラゴンテイマーだと思っていましたから。正直、今も半信半疑です」

『しかしながらアイルとやらは古の時代、魔王が健在だった頃の存在。剣魔の六眷属の言葉もある以上、信憑性はそれなりだ。こうなれば向こうがレイドや守護剣を狙ってこちらへ乗り込んでくる可能性もある。他にも竜の国には水精霊《すいせいれい》や猫精族《びょうせいぞく》の生き残りもおるし、古竜自体が狙われる可能性もある以上は楽観視もできん。状況を把握した今、急ぎ守りを備える必要があるな』

竜王はそれから、軽く咆哮を上げて老いた古竜たちを外から呼び、会議を始めた。

竜の国でブレスに長ける者はどれほどいるのか、迎撃地点の地形はどうか、子供たちはどこへ隠すべきかなど。

それらの話については俺やルーナの入る隙間もなかったので、ひとまずは神殿の外に出た。

すると出入り口付近では猫精族《びょうせいぞく》たちが待ち構えていた。

集団の中から猫精族《びょうせいぞく》の長が杖を突いてやってくる。

「レイド殿、よくぞご無事で。メラリアたちから聞きました、魔族の襲撃を退けたのだと」

「皆で力を合わせてどうにかですがね。でも約束通りに無事、メラリアたちを連れ帰りました。ですからどうか、今回の件についてメラリアたちの行動は大目に見ていただけませんか？」

「構いませぬ。寧ろよくぞあの守護剣を持ち帰ってくださいました。あの守護剣こそ、長く猫精族《びょうせいぞく》を守ってくれた守護神も同然の存在。それを再び我らの手に戻してくださったご恩、猫精族《びょうせいぞく》一同、生涯をかけてお返ししたく思います」

長を始め、その場にいた猫精族《びょうせいぞく》は深々とこちらに頭を下げた。

あまりこういうのは慣れていないしこそばゆいが、彼らが喜んでくれたのなら、俺も素直に嬉しかった。

「あ、レイドお兄ちゃん！」

「レイド殿、竜王様への報告は終わりましたか」

「ああ、ロアナにメラリアか」

集落の方から駆けてきたロアナとメラリアは、嬉しげに尻尾を左右に振っていた。

「レイド殿、宴の準備ができました。今宵は皆の活躍を称え、守護剣の奪還を大いに祝おうと思うのです！」

「美味しいお肉もいっぱい準備してきたよーっ！」

『お肉……！』

傍にいたルーナが体を震わせて反応した。

ルーナは古竜の姿からも人間の姿からも華奢《きゃしゃ》な印象を受けるが、見た目からは考えられないほどによく食べる健啖家《けんたんか》だ。

前にガラードと大食い対決をしていたのだが、その際も余裕でルーナの圧勝だった。

「さあ、主役が来ないと始まりませんから、お早く。お爺様たちもいらしてください」

「我々は後でいい。先に若人たちで盛り上がりなさい」

長の言葉を受け、メラリアとロアナは俺の手を引いて駆けてゆく。

この日はこれでもかというほど、美味い食事と宴を楽しんだ。

今回も古竜同士の大食い対決が起こったのだが、やはりルーナの圧勝となった。

……あの細い体のどこにあれだけの食材が入っていったのだろうか。

他にも猫精族《びょうせいぞく》秘蔵の特上マタタビ酒を飲んだり、他の猫精族《びょうせいぞく》の少女たちにお酌してもらうとなぜかルーナとロアナが怒り出したり。

ともかく騒ぐだけ騒いで、結局俺たちはその場で全員寝落ちした。

苦難のあった冒険を仲間と乗り越え、一緒に美味い食事を食べて騒いで眠りにつく。

……神竜帝国では決してあり得なかった日々だ。

やはりこの国に移り住んでよかったなと、俺は充実感の中で意識を手放した。

第九章◆神竜帝国のドラゴンテイマー

ヴァーゼルの狙いがかつて魔王に敵対した種族の殲滅《せんめつ》らしいと見えた今、竜の国では封印された魔王の捜索、及び魔族への警戒を古竜総出で行っていた。

竜の国は今や、俺や猫精族《びょうせいぞく》に水精霊《すいせいれい》など、ヴァーゼルに狙われた種族の集まりと化しており、古竜自体も狙われている可能性すらある。

これで魔王や魔族を警戒しない方がおかしいだろう。

何よりも……。

『お前ら！　何度も言うようだが、我らが姫様は魔族相手に一歩も退かなかったぞ。四天王直属の配下相手でだ！　それに比べりゃ、たかだか封印中の魔王捜索、屁《へ》でもねぇ。お前らも気合い入れて取り掛かれや！』

『ガラードの兄貴がそう言うなら、俺らも手伝いまっせ！』

『姫様に手を出した魔族の野郎、ただじゃおかねぇ！』

『それと狙われているらしいレイドさんって姫様が大切にしている人間だよな。つまり魔族連中、姫様の相棒？　婿？　にも喧嘩を売ってきたようなもんなのか』

『だったら尚更許せねぇ！　魔王の野郎を見つけつつ、魔族も見つけ次第ブレスで消し炭にしてやっぞ！』

『『『うおおおおおおおおおお!!』』』

……若い古竜たちは兄貴分のガラードに引っ張られて士気が大爆発しており、竜の国の総力を以て魔王と魔族を退けるべし、という風潮作りに一役買っていた。

『全く彼らは……それにレイドが婿とは……』

人間の姿のルーナは赤面してしまい『何を言っているのですか』と両手で顔を覆っている。

各方面に散った若い古竜たちを見送ってから、ルーナは顔を赤くしたままガラードに言った。

『……ガラード、少々やる気を出させすぎでは？』

『そう言うなよ姫様。やる気がねーより全然いいだろ。なぁレイド？』

「同感だよ。ただ、たとえがちょっとあれだったけど……」

『ああ、婿って言ったやつか。……間違っているか？　仲睦まじいし』

首を傾げたガラードに、俺は思わず突っ込んだ。

「種族差があるだろ、種族差が」

『んなもん今更だろ。姫様もレイドも、古竜とか人間とかって垣根を取っ払ってここまできてんじゃねーか。何より、俺ら古竜の精神構造は人間に相当近しいって聞くぜ。天上の神々より生まれた知性ある種族は皆、同様の精神をその身に宿すって言うしな。それに今の姫様みたくこうして人間にも変身できる以上、肉体的な垣根だってぶっちゃけ全然……あたっ!?』

「ガラード殿、そこまでにしていただきたい。幼子も聞いているので」

「レイドお兄ちゃん、こんにちはー！」

ガラードの頭を丸太で叩いたのは、いつの間にか現れていたメラリアだった。

それにロアナもやってきていて、俺へと擦り寄るようにじゃれてきた。

こういうところは種族的にも猫のように思える部分だ。

『メラリアにロアナではないですか。どうかしたのですか？』

「問題なしとの定時報告です。若い古竜が出払っている以上、この地の守護の一部はメラリアたち猫《びょ》精族《うせいぞく》が担っていますから」

頼もしい限りで、竜の国を猫精族《びょうせいぞく》も守ってくれている。

猫精族《びょうせいぞく》の身体能力は人型でありながら人間を凌駕しているし、筋力だけなら魔族にも匹敵するほどだ。

現にさっき下世話な話をしかけてメラリアに丸太で叩かれたガラードは大分痛そうにしている。

『左様ですか。このまま平和であれば何よりなのですが……』

「大丈夫！　何かあってもあたしたちが守ってあげるからっ！」

小さな胸を張るロアナに、その場にいた全員が和まされた。

このようにして、現在の竜の国の動きは打倒魔族へと傾いていた。

水精霊《すいせいれい》のように一族を根絶やしにされたり、猫精族《びょうせいぞく》のように住処を追われてたまるかという、古竜の強い意志の表れでもある。

普段静かに暮らしている存在とは思えないほど、彼らは活動圏を広げて行動を重ねていった。

……だからこそと言えるだろうか、その一週間後。

とある土地から強い魔力と、微弱ながら俺の扱う封印術にも似た気配を感じると、遂に一体の若い古竜から報告が入ったのだ。


ガラードの弟分の古竜が示した場所は、ロレンス山脈の麓に広がる、ウォーレンス大樹海だった。

この場所は当初、帝国追放時に追っ手を撒《ま》くために通り抜けようとした魔物の群生地で、俺がルーナと再会した場所でもある。

「灯台下暗しって、東洋のことわざにあったか」

ルーナの背に乗り、空を行きながら呟いた。

彼女曰く、以前にウォーレンス大樹海へ来た時には、特に封印術系の魔力については感じなかったそうだ。

なのに最近になって俺の扱う封印術と似た気配を古竜が感じ取ったとなれば、大樹海のどこかにある封印が弱まり、外部へ魔力が流出している証拠とも考えられる。

魔族の動きも予想され、このまま放置する訳にもいかないので、封印術についてよく知る俺を含め、ルーナたち古竜とウォーレンス大樹海へと出発する運びとなったのだ。

『よもやあの大樹海に魔王が封印されている可能性があるとは。私たちが出会い、再会した地でもありますし……まるで運命のようですね』

「始まりと終わりは同じ場所、そんなところかもな」

『柄にもなく詩的だな、レイド』

横を飛ぶガラードは普段通りに軽口を叩くが、あまり緊張しすぎるなという気遣いだろう。

そしてガラードの背には、ミルフィとアイル、それにメラリアが同乗している。

今回は魔王目当ての魔族と遭遇する可能性がある以上、ロアナは竜の国で留守番となった。

ミルフィとアイルは古竜の飛行能力で運べる貴重な戦力で違いなく、身体能力に長けるメラリアも同様だ。

さらにルーナやガラードの左右や背後には、魔族の襲撃に備えて護衛の若手古竜たちが十体並んで飛行している。

これだけの古竜が揃えば、たとえ神竜帝国が相手でも数日で焦土にできる域の戦力だ。

剣魔の六眷属がまた現れても、今度は焦らずに対処できるだろう。

『大樹海が見えてきました。野生の魔物も多いですから、各自気を引き締めてください』

ルーナは速度を落とし、ウォーレンス大樹海の際へと降り立った。

ここからは地上からルーナとガラードや、その背に乗っていたメンバーで捜索を開始する。

その間、若手の古竜たちは上空から大樹海を見張り、魔族や魔物を発見次第、迎撃する手筈になっていた。

『レイド。この大樹海は決められた道を辿らなければ、元の場所に戻ってしまう仕組みでしたね？』

「しかもその道筋は基本的に、俺たちの一族しか知らないって父さんから聞いている。あの時はこっそり修業する場所に恵まれた、くらいにしか思ってなかったけど……」

今思えば、この大樹海に魔物が多く生息する理由も、きっと封印中の魔王が影響を及ぼしているからではなかろうか。

……もし本当にこの地に魔王が封印されていれば、の話だが。

加えて代々ドラゴンテイマーの一族がこの地で修業を重ねてきた理由も、きっと元々は、封印の監視や有事の戦闘に備える意味もあったのかもしれない。

「運命のよう……ああ、正にな」

思わず、ルーナの言葉を反芻《はんすう》するように繰り返した。

『レイド、どうかしましたか？』

「なんでもない、行こうか」

そうして俺は、ルーナたちと共に大樹海の中へと入っていった。

日中であるのに、鬱蒼と茂った木々が陽光を遮り、少々不気味な気配を肌で感じる。

同時に、父さんとここへ来て道筋を教わった記憶が蘇ってきた。

きっと歴代のドラゴンテイマーたちも、ああやって親から子へ道筋を伝えていったに違いない。

それを思うと、どこか懐かしいようで、顔も知らない先祖たちに導かれているような、不思議な気分に浸らされた。

——そろそろ魔物の一体でも出たっておかしくないけど……。

ちらりとルーナやガラードの方を見る。

――古竜二体が相手じゃ、魔物も怯えて距離を取るか。

大樹海に生息するハイコボルトやオーガのような大型の魔物ですら、古竜であるルーナやガラードを警戒してか、現れる気配はない。

この分なら道行きに大きな支障は出ないだろう。

『ところでレイド。今はどちらへ向かっているのですか？』

「俺がよく修業で使っていた場所だよ。少し開けたところでさ。大樹海の中でも魔物が全く寄り付かないから、そこを拠点にして大樹海を捜索しようと思うんだ」

『名案ですね。敵地において、安全が確保されている場所は貴重かつ重要です』

かつての修業時は、大樹海の中を歩き回って魔物を狩ったりテイムの練習をして、疲れたらその場所でゆっくりと休んだものだ。

「それに俺が使っていた神竜帝国式・竜騎士戦闘術ってあるだろ？　あれもその場所で練習していたんだ」

「どうしてレイド殿は、わざわざこんな大樹海の奥で修業を？　空竜たちの世話をする傍ら、堂々と修業をすればよかったではありませんか」

不思議そうに首を傾げたメラリアに、俺は苦笑した。

「それがな。昔、仕事の後、竜舎近くでやっていたら、とある貴族たちに仕事を放っていいご身分だな、ぇぇ？　って詰め寄られてさ。仕事をサボっているものと勘違いされたから、以降はおおっぴらにできなくて」

「レイド殿も大変だったのですね……」

メラリアが大きく肩を落とす。

すると彼女が背負っている神竜皇剣リ・エデンが小さくカチャリと鳴った。

今回メラリアが出撃に同行している大きな理由の一つ、それがリ・エデンである。

魔族と会敵する可能性も考慮して、メラリアが猫精族《びょうせいぞく》の長に申し出て、持ち出してくれたのだ。

長の家系の猫精族《びょうせいぞく》が持ち出すなら問題なし、ここで皆に借りを返さねば一族の誇りに関わると。

しかもアイルが「皇竜騎士《インペリアルドラグーン》の末裔であるレイドなら恐らく使いこなせる。血筋の力だな」と言っていたのも後押しになったようだ。

ただ正直、俺は剣術についてはあまり腕に覚えがない。

使うような事態にならなければ何よりだった。

「……そういえばその剣、泉から取り出してしばらく経ったら大分魔力が落ち着いたな」

気になった内容をそのまま口にすれば、リ・エデンを忌々しげに眺めるアイルが応じた。

「聖剣も魔剣も、大抵は有事以外、魔力の消耗を控えるために眠るもの故に。……まあ、有事の際にその力を引き出せるか否かは使用者の技量と、剣に認められるかが重要だがな」

そうやって雑談を交えながら、目印の岩や傷ついた大樹の付近を曲がりつつ移動するうち、目的地に到着した。

目の前に現れた懐かしの修業場は、中央に泉があり、小さな公園のようにも見える。

ここは大樹海の中ながら青空の見られる貴重な場所でもあり、鬱蒼とした大樹海を抜けたかのような開放感を与えてくれる。

『へえ、結構広いな。大樹海にこんな居心地のいい場所があったのか。ここなら木々を気にせず翼を伸ばせるな』

感心したようにガラードは言い、翼を広げて軽く羽ばたく。

その傍ら、ルーナも翼を広げつつ俺にこう聞いてきた。

『……レイド、あの魔石はなんですか？　不思議な魔力が感じられます』

ルーナが見つめる先にあるのは、泉の中央にある、空色の魔石でできたモノリスだ。

古竜の体長ほどもある魔石は、どうやって運び込んだのか不思議に思えるほどの重量がある。

「あれはこの修業場を守る結界の起点だ。あのモノリスのお陰でここに魔物は近寄らない。代々のドラゴンテイマーが守ってきた、大切なものなんだ」

結界、それは魔力による障壁だ。

モノリスなど、結界の起点となる物体に特定の魔法陣を刻むと阻む対象を設定できるが、この場所を包む結界は魔物に対して強い力を発揮している。

ただし例外もあるのか、俺が一緒だからか。

ルーナたち古竜はすんなりこの場所に入り込めていた。

俺は膝まで泉の中へ入り、淡い燐光を放つモノリスへ近寄る。

昔、父さんとここに来た時には、定期的にこのモノリスを拭って掃除していたのだ。

結界の起点だからこそ、大事にしてやろうと。

せっかくなので久しぶりに少し拭き掃除をするべく、ハンカチを取り出してモノリスに触れると……何やらモノリスが点滅を始めた。

『独特な間隔の点滅ですね。どんな意味が？』

「分からない。こんな光り方したのは初めてだ……」

思わず後退《あとずさ》れば、背後のメラリアが「きゃっ」と小さく声を出す。

「どうした？」

「レイド殿、守護剣が……！」

モノリスの点滅に呼応するように、守護剣が輝きを放っている。

何が起こっているのかと身構えると、触れているモノリスから声がした。

【ほう。リ・エデンを持ち現れたとなれば、時がきたか】

「誰だ……？」

聞き返せば、モノリスから浮かび上がった燐光が人の形を成してゆく。

夜色の髪とは対照的な灼熱色の瞳に目を惹かれる。

凛々しい出で立ちの、東洋風の着物を纏った男。

黒髪であるからか、その男の顔立ちはどことなく、父さんや自分に似ている気がした。

ともかくそんな男がモノリスの前に浮かぶようにして現れていた。

【俺の名はミカヅチ。その昔、皇竜騎士《インペリアルドラグーン》と呼ばれた者なり。今は魂となりて、このモノリスを通して現世を眺めるのみだがな】

「ば、馬鹿な……皇竜騎士《インペリアルドラグーン》⁉　嘘だろう貴様、魂だけで現世に残っていたのか‼」

モノリスから現れた男を見て、誰よりも先にアイルが騒ぎ出した。

彼を指して戦慄《わなな》いている。

そんなアイルの過剰反応に、ミカヅチと名乗った男は口角を上げた。

【久しいなアイル。お前は永く封印されていたようで、出で立ちが昔と変わらぬ】

「封印中に変わってたまるかっ！　というか貴様、今更何用だ！　まさか時を超え、妾を辱しめに……⁉」

【お前の妄想癖は相変わらずか】

くっくっと肩を震わせて笑うミカヅチ。

けれどその輪郭が一瞬、大きくぶれて半透明になった。

やはりアイルの言う通り、この人は魂のみの存在。

言ってしまえば幽霊だ。

【……いかんな、あまり時間がない。迅速に話を進める必要がありそうだ】

「皇竜騎士《インペリアルドラグーン》ミカヅチ、俺もあなたにお聞きしたいことがあります。俺はレイド、神竜帝国でドラゴンテイマーをやっていました。……あなたは、俺のご先祖様なんですか？」

相手が幽霊でも構うものかと問いかけると、ミカヅチは【いかにも】と返事をした。

【伝承がヴァーゼルの奴によって途切れていたのは、お前の何代か前の御霊に聞いたので把握している。レイド、お前がそう尋ねてくるのも無理はない。だから今、全てを語ろう。心して聞くがよい。

相棒の古竜もだ】

俺やルーナが顔を見合わせ頷くと、ミカヅチは語り出した。

【まず我ら一族は古くから、魔王を滅することを信条としてきた。理由は一つ、あの魔王は人間と魔族の混血で、我が一族の遠い血縁にあたるからだ。一族の恥は一族で滅する、そのつもりであったのだが……。知っての通り、俺は結局、仕事をし損ねた。我が肉体と引き換えに、奴を封印するので精一杯だった。結果、魂はこのざまよ】

魔王封印の偉業を成し遂げ、今なお古竜の間で語られる伝説と化しているミカヅチは、しかし己の行いについて自嘲気味に語った。

その、問題を後回しにしたのみだ、と言わんばかりの悔やみきれぬ思いが彼の表情から伝わってくる。

【レイド。志半ばで終わった先達として、できる限りお前の問いに答えたい。他に聞きたい話があれば聞くといい】

「……一族の、かつての目的については分かりました。ではどうして俺の一族は、神竜帝国のドラゴンテイマーに？」

【うむ。我らは東洋の島国にて封印術を修めた一族であったが、魔王を追いこの大陸へ赴くにあたり、海を越える必要があってな。その際に竜と心を通わせ、翼を借り受けた者がいた。それがドラゴンテイマーとしての始まりと言えるかもな。……そして俺の死後、ヴァーゼルによって一族の血が絶えかける直前、偶然にも竜使いとしての腕を神竜帝国に買われた者がいた。その者は若くして神竜帝国に移り住んだ故に、一族の使命には無関心であったが魔族共の襲撃からは逃れた。それが功を奏し、我が血族は神竜帝国に仕えるドラゴンテイマーという形で後世に残ったのだ。その後に世代を重ね、お前も持つスキルを天より授かるに至った】

なるほど。

つまり前にアイルが語ったように、【ドラゴンテイマー】スキルは後から一族に備わった力なのだ。

俺の一族の受け継いできた本来の能力は、封印術の方だったのだ。

【まあ、これも運命というものであろうか。ともかく一族はその後、ドラゴンテイマーとなり生き延びた。さらに神竜帝国に移り住んだその者は、一族が大切にしてきたこの泉だけは忘れなかった。よって代々、この重要な泉に子孫を通わせるようになった。……様子見も兼ねてな】

「つまりこの泉は、単なる修業場ではなかったと？」

モノリスからミカヅチの魂が出た時点で単なる修業場では片付かないが、それでも聞かずにはいられなかった。

【然《しか》り。何せこの泉は魔王を封じている異空間に最も近い。モノリスに関しては結界を作り、子孫に我が意思を伝える架け橋にして、封印空間への入り口ともなっている】

「……異空間？」

こちらの表情を見て、ミカヅチは軽く両肩を上げた。

【驚いたか、無理もなし。だが俺が異空間に封印した魔王と対面するには、このモノリスを通る必要がある。よってこの泉は魔王を滅する一族の使命の要。……もっと言えばこの泉以外、大樹海全体に

も一種の結界を張ってあってな。道を知る一族の者以外が泉には寄れぬよう、迷いの効果を仕込んである】

「つまり実質的に、一族以外の者は封印中の魔王に近寄るのも不可能と」

そうか、それで魔王軍の四天王でさえ、封印中の魔王を発見できなかったのか。

この大樹海特有の、正しい道筋を辿らなければ元の場所に戻ってしまう特性の原因も理解できた。

横にいるアイルをちらりと眺めれば、驚きのあまり「死後もそんな大それた結界を維持しているとは、あり得ぬだろ……」と口にしている。

【俺も封印した魔王を隠そうと、手は尽くしたものの……肝心の魔王封印に関する情報は、一族がヴァーゼルに襲われ失伝した。後は時が経ち封印が弱まり、魔王が復活するばかりと俺も困り果てていたところだった。なのにレイドよ。お前は情報を集め、魔王を滅する聖剣である神竜皇剣リ・エデンを携えてここまで辿り着いた。まさに運命、天の導きよ】

満足げな笑みを浮かべた刹那、ミカヅチの体がまた揺らいだ。

魂だけで現れるのも、もう限界が近いのか。

——いいや、近いに決まっている。そもそも魂だけで会話している時点で奇跡に等しい。

魔術が発展した現在においても、死者の魂を会話可能な形でこの世に留める技術は知られてすらいない。

魔法でさえ実現不可能と思われる超絶技巧に他ならない。

ミカヅチ自身、こうして現れているのも相当な無理があると思われた。

急がなければ、話している最中にミカヅチが消滅してもおかしくない。

「最後に一つ。俺は封印が解けかかっている魔王をどうすれば？　また封印するのか、もしくは倒しきる方法があるのでしょうか」

【レイドよ、その神竜皇剣を抜いて魔王を滅せ。俺が存命していた当時、その剣に蓄えてあった魔力は四天王共の相手で尽き、魔王は俺の肉体や全魔力と引き換えに封じるので精一杯だった。だが今やその剣は永い年月を経て魔力を回復し、魔滅の加護も内蔵魔力を消費すれば十分機能する】

リ・エデンの魔滅の加護については、猫精族《びょうせいぞく》の泉から回収した後、アイルから聞いている。

魔族を滅するべく神竜から贈られた力で、魔力を代償にして魔族の力を粉微塵《こなみじん》に砕く、魔族殺しの権能であると。

【封印が弱まっている今、魔王は復活する好機だが、逆に封印越しに近寄り滅する機会でもある。……どうだ、やってはくれまいか？　一族の悲願、系譜の最後に立っているお前に託したい】

全てを語ってくれたミカヅチの頼みに、俺は即座に頷いた。

魔王さえいなくなれば、その魔力に当てられた魔物が各地で暴れ回ることもなく、竜の国一帯も穏やかになる。

そして俺やミルフィ、メラリアの一族を狙ったヴァーゼルの目論見が魔王復活にあるなら、その狙いを挫くこともできる。

「魔王を倒せば、ゴタゴタした問題もある程度は片付きますから。正直、今すぐにでも魔王を倒して安心したいくらいですよ」

【そうか……感謝する】

ミカヅチが目を瞑って頬を軽く緩ませた、その須臾《しゆゆ》。

「……ほう。どうして中々、威勢がいい物言いだ」

声が聞こえた次の瞬間、上空から何かが、俺とモノリスの間に割り込んできた。

さらにモノリスへと横一文字の大きな亀裂が入り、結界が消失したのを肌で感じた。

亀裂の入ったモノリスは、そのまま音を立てて崩壊してゆく。

破片が泉の水を跳ね上げ、静かだった水面が大きく荒れる。

——モノリスが砕かれ……いや、今の亀裂は斬られたのか？　超硬度の魔石を一撃で？

何事かと見れば、目の前に現れていたのは、漆黒の鎧に身を包んだ騎士だった。

金髪の美青年と言って差し支えない顔立ちながら、どことなく乾いた雰囲気を漂わせている。

何より凛々しさよりも禍々《まがまが》しさを与えてくる印象を受け、視線の先のこちらを射殺すほどの圧力を放っていた。

赫々《かくかく》の眼光を放つ騎士に、ミカヅチは声を荒らげた。

【貴様、ヴァーゼル!?　なぜここに入り込めた！　外にいる古竜たちは……チッ、引き連れてきた魔物と、剣魔の六眷属が足止めしているのか！】

「久しいな、ミカヅチ。我もただ、数百年という年月を怠惰に生きたのではない。……備えを重ね、待っていたのだ。お前が出てくるこの瞬間を！」

「こいつが、ヴァーゼル……！」

そこに在るだけで周りの者を畏怖させるほどの闘気と魔力。

大樹海の木々の葉から生気が失せ、恐ろしい速度で枯れてゆく。

……アイルには悪いが、同じ魔王軍四天王でもあまりにも格が違う。

感じる魔力の濃さも質も、数倍とかそういう次元ではない。

同じ生き物なのかと疑ってしまうほどに異質で強大だった。

「よもや異空間に魔王様が封印されていようとは。見つからぬはずだ、なあミカヅチ」

【レイド、気をつけるがいい。こいつは元人間にして、俺と共に神竜帝国式の剣技や拳術を生み出した益荒男《ますらお》よ！】

「神竜帝国式の、開祖……!?」

それで眷属たちも神竜帝国式の技を扱えたのかと、ようやく合点がいった。

「惚けた面構えだ。ミカヅチの末裔とは思えん」

言うや否や、ヴァーゼルは腰の鞘を掴み、剣の柄に手をかけた。

「神竜帝国式・竜騎士戦剣術――竜爪速降《リュウソウソクコウ》！」

ヴァーゼルが繰り出したのは、上空にて狙いを定めた空竜が地上へ急降下するような、高速の振り下ろし技。

神竜帝国の竜騎士が同様の技を扱っていたが……冗談ではない。

剣に込められた魔力も速度も段違いのそれを、同じ技と形容していいものか。

見えない剣身、空を裂く轟音《ごうおん》が迫り、たまらず俺も戦闘術を繰り出した。

「神竜帝国式・竜騎士戦闘術——竜翼輪舞《リユウヨクリンブ》！」

大きな翼を描くような回し蹴りで剣の柄を狙い、ヴァーゼルを迎撃する。

しかし膂力《りよりよく》では圧倒的にあちら側が上、軽くいなされて体が宙を舞う。

次いで刃に触れていないのに体の各所が切り裂かれて血が散った。

「くっ……！　タイミングは合わせた、何が起こった？」

【迸《ほとばし》る魔力に斬られたか。奴の剣、魔族の力に侵されているが、あれも聖剣故に超常の力を発揮する。

……神竜皇剣リ・エデンと対になるよう創られし、魔族殺しの剣……神竜帝剣リ・シャングリラ！】

「いくら聖剣でも、魔力で斬るなんてデタラメだな……」

魔力は素の状態では特段、力を発揮しない。

魔術なり魔法なりで力として変換しなければ、エネルギーとしてそこに存在するばかりなのだ。

……それが道理であるのに、奴は剣を振っただけで擬似的な攻撃魔術のように魔力を扱った。

しかも詠唱なしのミルフィやアイルの魔法起動よりもなお速い、これがデタラメ以外の何物であるのか。

「……ふんっ！」

ヴァーゼルが宙を斬った途端、暴風が起こり、踏ん張りきれず遠方まで吹っ飛ばされる。

大樹の幹に背をぶつけて静止したが、肺の中の空気を絞り出されるほどの衝撃が全身を襲った。

——まずい。テイマーと剣士の力量差どころじゃない。生き物としての力が根本から違う……！

ヴァーゼルはゆらりと迫ってくる。

「魔王様復活の前座にちょうどよい。ミカヅチの前でお前を屠《ほふ》り、その血、魔王様に捧げてくれよう」

「お前は……どうして人間から魔族になったんだ。神竜帝国式の技を編み出したほどの武人が！」

「知れたこと。魔族とならなかったお前の先祖は死んで魂のみ。逆に我は悠久の時を生き、武に磨きをかけた。要は武への意識の高さよ。……あの方は、魔王様は我の望みをこの通りに叶えてくださった。武を磨き続け、境地に行き着く望みを！」

『戦闘狂でしたか……！　レイドに再接近はさせません！』

『姫様、合わせるぞ！』

後方で構えていたルーナとガラードのブレスがヴァーゼルへと放たれる。

古竜二体分のブレスを受ければ、どんな物体でも原形を留めてはいられまい。

回避必至の閃光二発、だがヴァーゼルは悠然と真正面から迎え撃った。

「竜爪旋磨《リュウソウセンマ》！」

独特の緩急を与えて剣を振り、竜爪形の滑らかな受け流しをヴァーゼルはこなした。

ルーナとガラードのブレスは剣一本によって逸らされ、ヴァーゼルの背後へと流れていく。

大樹海の一角が消し飛ぶものの、奴は無傷で立っていた。

『マジかよ！　俺らのブレスを……！』

「忌々しい古竜共が。やはり貴様らも早々に滅ぼすべきだったか、我自ら出向いてな」

『くっ……！』

「ルーナ！」

ルーナへ突っ込もうとしたヴァーゼルへ、俺は突進して割って入る。

……最初から舐めていたつもりはない。

それでも想像以上の難敵と言うほかない。

ブレスを逸らす筋力と剣技でルーナの懐に入り込まれたら、一瞬で彼女の胴が割られてしまう。

古竜をも容易に上回る怪物、これが剣魔ヴァーゼルか。

——それなら十八番《おはこ》の封印術で動きを止める！　奴の魔力斬撃も、封印術で魔力を封じてしまえば！

「封印術・竜縛鎖《リユウバクサ》！」

「ミカヅチと同じ技を使うか、小賢しい！」

ヴァーゼルの周囲、四方向へと魔法陣を展開。

そこから鎖が飛び出していくが、ヴァーゼルに一息で斬り捨てられる。

真後ろから伸びた鎖でさえ一見もせずに防ぐとは……。

この隙に、俺はアイルに指示を飛ばした。

「アイル、燃やせっ！」

「ヴァ、ヴァーゼル！　勘違いするでないぞ。テイムされているから妾の体が勝手にぃ!?」

アイルの放った爆炎がヴァーゼルに迫り、その全身を燃やしにかかる。

広範囲の爆炎は逃げ場を与えず、ヴァーゼルを呑み込んだ。

直後、奴は剣の一振りでそれを消火し、事もなげに立っていた。

「ああ、勘違いはせぬ。貴様はミカヅチの末裔の軍門に降《くだ》りし反逆者。この場で斬る」

「分かっておらんではないかーっ！」

まさかアイルの炎まであっさり無効化するとは、最早防戦一方だ。

離脱できるかも怪しいと考えていれば、メラリアが剣を投げ寄越してきた。

「レイド殿、守護剣を！」

「リ・エデン……！」

俺が皇竜騎士《インペリアルドラグーン》ミカヅチの末裔だからだろうか、この剣の力は今なら完全に解き放てると確証めいた直感がある。

けれど俺は神竜帝国式の剣技は使えない、あくまで徒手空拳のみだ。

剣の格が同じなら、問題になるのは使用者の力量。

――やれるのか、俺に。今まで多くの種族を駆逐して数百年も鍛え続けて、古竜二体でさえ敵わない。あの化け物を倒せるのか。

考え続ける俺の不安を悟ったのか、ミカヅチはこちらまでやってきた。

その身はモノリスの崩壊によってか、先ほどよりも薄く、揺らぎつつあった。

【こうなれば致し方ない。この場で俺の記憶と経験の一部を、魔力と共に譲り渡そう。されどその力、保って数分のもの。俺は反動で消え去り、これ以上の助言は不可能となろう。……だが、やるのだレイド。明日のため、お前が奴を斬るほかない。その曇った心、今一度正してみせよ】

ミカヅチの力強い言葉と、凪のように揺るがない視線に射竦められる。

俺はそれを受け、一つ深呼吸をし、心の内の雑念を消して透明にする。

……今までは先祖のルーツに種族の存亡など、現実味がないほどに大きな話ばかりだった。

まるで大きな雲を相手にしているようで、掴みどころがない気さえしていた。

けれど……そうだ、今は違う。

全ての元凶である相手が目の前に、現実に現れている。

決して掴めない相手ではなくなっている。

何より俺たちを狙い、奴は鋭く殺気を放っている。

——それなら、小難しい理由も壮大なお題目も、もう必要なかったんだ。

「奴が俺たちを殺しにくるなら、俺たちは生きるために奴を倒す」

——あの化け物を倒す理由なんて、ただそれだけで十分だった。

雑念さえ消えれば心は落ち着き、成すべき目的だけがあった。

「……あいつを倒す理由は単純明快。ミカヅチ、力を借り受けます！」

【消えたな、曇りが。では参るぞ、我が最後の血族よ！】

ミカヅチは燐光を俺に纏《まと》わせ、知識と経験、魔力を流入させてきた。

俺ではない別人が体に入ってくるような……否、傍に寄り添ってくれる感覚。

久しく忘れていた、両親から受けた温もりのような。

同時にミカヅチの霊体は、俺の体に入るようにして消滅。

一瞬か、はたまた数秒か。

ともかく瞬きの間に力の受け渡しは終了し、俺は数分間という条件付きで、ミカヅチの多くを引き継ぐことに成功していた。

……ただし最初に分かったのは、ミカヅチの生前の肉体はヴァーゼルに劣らないほど化け物じみていて、今の俺ではその技全ての再現は不可能という点。

「だとしても、張り合えはする。ルーナと一緒なら、あるいはもっと……！」

神竜皇剣リ・エデンを引き抜き、陽光のように輝く剣身でヴァーゼルと相対する。

横に飛んできたルーナに乗ると、ヴァーゼルは忌々しげに唸《うな》った。

「皇竜騎士《インペリアルドラグーン》の再来、もしくは復活か。まさかこのような裏技で戦力を増すとは、つくづくミカヅチ……予測を容易に超えてくれる」

「ルーナ……相棒。悪いが最後まで付き合ってくれ。俺たちの意地を、奴に見せつけてやる！」

『御意！』

ルーナは飛翔し、ヴァーゼルへと突っ込む。

ヴァーゼルを撃破するという共通の明確な目的意識によって、ルーナと魔力や心が通い、強く結び付いていくのがスキルを通して伝わってくる。

テイマーはテイムした対象と目的を一つにすることで、互いに魔力を循環させ、より身体能力を向上させる芸当が可能となる。

相棒が最強格の生物、古竜となれば、向上する力は計り知れないほどだろう。

よって今、ルーナに乗っているこの瞬間のみは、俺は実質的にあのヴァーゼルにも劣らぬ力を保持することに成功していた。

さらにミカヅチの記憶と共に、彼が扱っていた封印術の情報も把握する。

ミカヅチが行使し、魔王すら封じた封印術、それは確かに俺も継承している封印奥義の一つだったのだ。

……封印術の技名が東洋の響きを持っている意味も含め、その全てをここで理解した。

俺自身の保持する魔力の大半に加え、神竜皇剣リ・エデンの持つ莫大な魔力を消費し、魔術詠唱を開始する。

「皇竜騎士《インペリアルドラグーン》が押し通る！　封印術・奥義――夜刀神《ヤトノカミ》！」

「その技、ミカヅチのものと相違なし。受けて立つ！　神竜帝国式・竜騎士戦剣術――鱗光月破《リンコウゲツパ》！」

ヴァーゼルが一振りで放ったのは魔力による、舞い散る鱗のような高速斬撃の嵐。

それは掠めただけでも体を千切りにされるだろう絶技、一人では奴に接近すらできまい。

――でも二人なら、相棒がいれば乗り超えられる！

『レイドには指一本、いいえ、剣先すら触れさせはしません！』

口元に高密度魔力を収束し、ルーナは稲光と共に極大のブレスを正面に放った。

ルーナの放った渾身のブレスは、ヴァーゼルの斬撃の軌道を逸らし、砕いてゆく。

掠めかけた斬撃の軌道は全て読みきり、ルーナは翼をはためかせて天地を逆さにするように体を反転。

銀の鱗に身を包んだ竜姫は、遂に斬撃の嵐を抜けきった。

「小童《こわつぱ》が。数百、千に届く我が技を……！」

「たとえ万でも今の俺たちには届かないぞ。侮ったな、ヴァーゼル！」

俺はすれ違いざま、ルーナの背の上からヴァーゼルを、奴のいる空間をリ・エデンで叩き斬った。

──封印奥義、夜刀神《ヤトノカミ》……起動！

途端、空間そのものから漆黒の鎖が生え、ヴァーゼルの両脚と左腕、さらに胴の各所に絡みつく。

そのまま背後に現れた漆黒の異空間へと奴を引きずり込んでいった。

これが魔王を異空間に封印した、という言葉の意味そのものか。

「ハッ、このような小細工を弄したところで……！」

鎖に縛られてもなお動き、封印から抜け出しにかかるヴァーゼル。

「決死の思いで当てた封印奥義だ、無駄にしてたまるか！」

俺はルーナの背から飛び降り、ヴァーゼルへとリ・エデンを向けた。

ヴァーゼルも動きが鈍いながら右腕のみで応戦、互いに剣を打ち合い火花が散る。

封印術の鎖で魔力を吸われ続け、動きを制限されているのに俺と打ち合ってくる。

ヴァーゼルの底力に冷や汗が垂れ落ちた。

──このままだと抜け出されるか？　持っている魔力の大半を込めた、封印奥義から？　二度目の起動は不可能だ、ミカヅチの力も消えてしまう。隙を見て奴を押し込むしかない……！

「ククッ……ハハハハッ！　所詮はミカヅチの紛い物、封印の力もこの程度か！」

力技で鎖を砕き、脱しようとするヴァーゼル。

ルーナもガラードもブレスを撃てば封印が壊れかねないと悟り、立ち往生している。

メラリアも加勢に駆けてくるが、このままでは間に合わない。

せめてもの抵抗としてリ・エデンでリ・シャングリラを上段にて抑え込んだ、その時。

「……私の一族の仇。ここで消えてもらう！」

甲高い怒声を放ったミルフィが、魔力を消費して数十もの水弾を生成。

上手く鎖を避け、ヴァーゼルの胴へと水弾を叩き込み、奴を背後の異空間へと押し込んだ。

「邪魔をするな、水精霊《すいせいれい》の生き残り風情が！」

「……その水精霊《すいせいれい》の生き残り風情が、あなたを追い詰めている。レイド！」

「任せろ、ミルフィ！」

右手をリ・エデンの柄から離して構える。

右腕を後方に据えた構えを見て、俺が何を放つのか悟ったらしく、ヴァーゼルは声を荒らげた。

「馬鹿な……ァッ!?　あれほど、あれほどの鍛錬を積み、古竜に勝る力を得た我が！　敗れるのか、まだお前の技に届かぬのか……ミカヅチィッ!!」

その叫びを、咆哮を耳にして悟った。

ヴァーゼルはただ、ミカヅチに勝ちたかったのだ。

ミカヅチの記憶と経験を引き継いだ今なら分かる。

確かにヴァーゼルは人間時代、ミカヅチの剣技には遠く及ばなかった。

奴は神竜帝国の皇帝を守る騎士の筆頭であったが、魔王討伐を志した東洋からの流れ者であるミカヅチには、一切敵わなかった。

神竜帝国最強の騎士とまで謳《うた》われたヴァーゼルは、その事実に酷く打ちのめされていた。

だからヴァーゼルは逆にミカヅチに協力し、共に対魔王用として神竜帝国式の各技を生み出しつつ、同じ場所で切磋琢磨することで追いつこうとした。

神竜帝国式の技名が東洋の響きを持つのは、要はそういう経緯を持っていたのだ。

……けれどそれでも追いつけず、最後は魔王の甘言に従い、剣魔の魔族と化して力と寿命を得るほかなかった。

そうしなければ、ヴァーゼルのプライドが許さなかったのだろう……だとしても。

ただ目の前に在るこの現状が、何よりも雄弁に全てを物語る。

「まだまだ修業不足だったな、ヴァーゼル！」

「その言葉を！　ミカヅチと同じ顔で、同じように言うな、レイドッ！　いくら我が魔族と化した背信の騎士であろうとも！　いかに貴様らが陽の光を浴び、正しくあろうとも！　ああそうかと認める訳には、このまま終われはせんのだッ！」

半ば勝負がついた今もなお、ヴァーゼルは意地汚く封印術に抵抗していた。

ミカヅチの記憶にある、高潔な騎士の面影はどこにもない。

……だからこそ、もう終わりにしてやろう。

あの世へ向かったミカヅチだって、こんな親友の姿はもう見たくないだろうから。

「背信も、陽の光だって関係ない。ただ俺たちはお前を倒すぞ……生きるために！」

「若造が減らず口を、知ったように……！」

「神竜帝国式・竜騎士戦闘術——穿竜堅醒《センリユウケンセイ》！」

アイルに放ったものと同じ拳技でヴァーセルを封印の異空間へと押し込まんとする。

腰の動きで右拳を前方へ突き出し、捻《ね》じり込むようにして一撃を放った。

魔力強化された拳によってヴァーゼルの鎧が大きく陥没し、衝撃で退き異空間へ飲まれてゆく。

それによって奴は最早、首より上しかこちらの世界に残っていなかった。

「悔い改めるんだな、ヴァーゼル。いつかあの世で、殺めた水精霊《すいせいれい》や猫精族《びようせいぞく》、それにミカヅチたち俺の先祖に詫びてこい！」

「レイドォォォォォォォ！」

ヴァーゼルはその雄叫びを最後に、封印術によって生み出された異空間へと完全に引き摺《ず》り込まれた。

異空間が閉じた途端、緊張から解放され体中の力が抜けて、大きく息を吐く。

あれは「闇の竜を抑えるためのもの」と父さんから聞いていたが、極めれば空間ごと対象を封印する大技だったのか。

「奥義、夜刀神《ヤトノカミ》……か」

他の封印奥義も、極めれば空間を利用して対象を封印する技だと今なら分かる。

ミカヅチの記憶を覗かなければ、きっと知らずに一生を過ごしていただろう。

「全く、本当にとんでもないご先祖様だ……。俺もまだまだ修業不足だな」

時間切れにより、ミカヅチの力が体から離れてゆく。

それでも記憶だけはそのまま、俺の中に残り続けている。

それは途切れてしまった一族の伝承や言い伝えを、しっかりと引き継げたことを意味していた。

——ミカヅチ。ヴァーゼルは封印しました。これであなたも少しは安心して眠れますか？

天に昇ったミカヅチの御霊に、そうやって心の中で語りかけてみる。

【全く、大した若人よ】

……最後に、笑ったミカヅチがそんなふうに言ってくれた気がした。

『レイド、やりましたね』

寄ってきたルーナは、鼻先を俺の胸元に押し付けてきた。

ルーナの頭部を撫でながら、俺は言った。

「ミカヅチのお陰だ。あの人の力がなかったら、勝ち目なんて万に一つもなかった」

『それでもよ、勝ちは勝ちだ。何よりレイド以外じゃ先祖であるミカヅチの力は引き継げなかっただろうし、それもレイドの力の一端だぜ』

ルーナやガラードの労《ねぎら》いの言葉を受け、俺は心が温かくなっていくのを感じた。

そうやって勝利の余韻に浸っていると、モノリスの真上に黒い渦のような空間の裂け目が現れた。

先ほど夜刀神《ヤトノカミ》を使ったからこそ分かる、あれは異空間への入り口だ。

恐らくこの先に魔王がおり、ミカヅチが消える前に開いてくれた道なのだろう。

「ここから先は、俺とルーナで行く。皆はここで待っていてくれ」

「ううっ、すまぬ魔王様。レイドの奴を止められぬ妾を許していただきたい……」

アイルは裂け目の前で両手を合わせていた。

同情してやりたい気持ちはあるが、この好機は逃せない。

魔王さえいなくなれば、その魔力に刺激されていた魔物の動きは沈静化し、魔王復活を目指す魔族たちも大人しくなるだろう。

一刻も早く乗り込まなければと考えていると、こちらへ魔力が向かってくるのを感じて足が止まった。

——数は十と少し程度、でも全ての魔力が古竜並み。まさか、外の古竜たちを突破して……！

身構えた時には、木々の間から魔族たちが飛び出してきた。

「……なるほどねー。まさかと思ったけど、ヴァーゼル様は敗れたと。ミカヅチと話すから邪魔、と言われて待機していたけれど……私たちも来るべきだったかしらねー」

「シルか。それに……残った剣魔の六眷属やその配下が勢揃いって寸法か」

目の前には、シルにゴラス、ファントルスといった剣魔の六眷属、それに奴らの配下と思しき魔族が武具を携えて現れていた。

いずれもアイル並みかそれ以上の大魔力持ちかつ、外の古竜たちを突破してきた精鋭たち。

外の古竜たちの安否が気になったが、ブレスの発射音と思しき爆音が続いているので、向こうではまだ戦闘が継続されているのだろう。

……こちらも消耗している今、この数の魔族と正面から衝突するのは避けたかった。

「お前らの主人、ヴァーゼルは封印した。もう戦う理由もないはずだ！」

「それならあるぜッ！　封印された主人に代わり、魔王様を復活させるって使命がなァ！」

ゴラスは口の端より炎を吐きながら狂犬面を歪めて言い放つ。

……どうして奴らが魔王復活にこうも固執するのかは謎だ。

忠誠心の他、重要な何かがあるのかもしれない。

だが魔王さえ復活すれば魔族側としては満足という腹なら、余計に復活させる訳にはいかない。

何よりヴァーゼルの封印に魔力の大半を食ってしまった現在、あれ以上の大物が出てこられては今度こそ勝ち目がなくなる。

「……レイド、先に行って」

『ここは俺らに任せろ、ちゃんと抑えておいてやる』

「メラリアも盾くらいにはなれます……！」

ミルフィ、ガラード、メラリアの三人が前に出る。

ああ言ってはいるものの、相手が若手の古竜を抜き去ってここに到達した精鋭たちであると考えれば、アイルを含めてもあまり長くは保たないのは明白。

――どうする。皆の犠牲を覚悟で魔王を封じるか。俺とルーナも加勢して少しでも皆の勝率と生存率を上げるか……！

決めかねて動きを止めていると、付近から咆哮が複数轟《とどろ》いた。

それらは次第にこちらへ迫り、遂に木々をなぎ倒してその姿を見せる。

『魔族共、待ちやがれぇぇぇぇぇぇぇ!!』

大樹海の外で魔族の相手をしていた、若手の古竜たちである。

全員鱗の一部が剥がれ、爪や牙が砕けているが、その瞳は強い闘気に輝いている。

『すまねぇガラードの兄貴！　奴らに突破されちまったが、外の魔族は全員倒して追いついたぞ！』

『お前らよくやった！　最後のひと働きだ……全員でかかれッ！』

「古竜どもが、忌々しい……！」

ガラードの咆哮を皮切りに、古竜たちはそのまま魔族に襲いかかり、その場で大乱戦となった。

ブレスを放出し、木々をへし折って地形を変えながら、古竜らしい力強さと身体能力で強引に敵を押し込んでゆく。

六眷属の生き残りとその配下に対して、こちらは若手の古竜十体とガラードたちだ。

こちらの戦力が疲弊していようとも、いくら魔族の魔力量が古竜並みでも……素の身体能力では間違いなく古竜が上である。

戦力差はほぼないと見ていい、これなら時間も稼げそうだ。

「すまない皆、すぐに戻る！　ルーナ！」

『行きましょう、すぐに加勢に戻るためにも！』

俺はルーナの背に乗り、そのまま裂け目へ突入した。

異空間内は暗雲が渦巻き稲光すら走って、上下左右の感覚すら怪しくなりそうだった。

それでもルーナは方向感覚を失わず、一直線に飛んでいく。

そのようにして向かった先……魔王はいた。

一目でそれが魔王と分かるほど、その外見は異形であった。

大山ほどの巨躯に、逆棘だらけの漆黒の総身と四本の腕が、極大の封印術の鎖で繋がれている。

けれどその鎖はひび割れており、封印が限界に近いのが分かる。

魔王は額からせり出た巨大な一つ目でこちらを睥睨《へいげい》し、乱杭歯《らんぐいば》を覗かせて唸った。

「……貴様、その血の匂いはミカヅチの末裔。このオレを滅しにきたのか」

竜にも似た咆哮を上げ、こちらを威嚇する魔王。

大気が振動し、鼓膜が体内の魔力ごと揺らされそうだった。

しかし所詮はハッタリだ、ミカヅチの封印はまだ機能している。

「脅しは無駄だ。その状態じゃ何もできないだろ、封印術を扱う俺には分かるぞ！」

俺は神竜皇剣リ・エデンを引き抜き、突きの姿勢で構えた。

すると魔王は一つ目を大きく見開き、もがくようにして鎖を鳴らす。

「貴様、正気か。無限にも等しい魔力源たるこのオレを、真の意味で滅するか。オレの力があれば、魔導の深淵を覗くことも、世界の真理を書き換えることも、永遠の生命も己が身に宿せるのだぞ！……ふむ、では貴様もヴァーゼルのように魔族としてくれよう。さすれば永遠の生を以て、ありとあらゆる望みを叶えられようぞ」

「此の期に及んで命乞いか？　悪いな、魔王さんよ」

俺はすっと息を吸い、喉奥から声を張り上げた。

「俺はしがない竜の世話係。竜の国でのんびり暮らせれば、それ以上は望まない！」

『行きますよレイド！』

魔王へと全力で突っ込むルーナの背の上で、リ・エデンを魔王の胸部に突き入れた。

リ・エデンは装甲のような質感だった魔王の肌を容易に裂き、肉も骨も断って脈打つ心臓を貫いた。

そこは奴より感じる魔力が最も濃密な場所、即ち、最大の急所だ。

「ウオオ、オオオオォォォォ!?　ヴァ、ヴァーゼル！　何を、何をしておるか……！　速やかにオレを、解放せよヴァーゼルゥゥゥゥゥゥ！」

倒された右腕の名を叫びながら、魔王の体が粉々に爆ぜてゆく。

リ・エデンから発する陽光のような光、魔滅の加護が起動し、奴の体を粉々に砕いていった。

太陽が爆ぜるかの如き閃光と衝撃。

それと同時、魔王を封印するための異空間も役目を終え――

「……っ！」

――俺とルーナはいつの間にか、元いたモノリスの前に戻されていた。

薄暗い異空間から解き放たれ、空の青さが視界いっぱいに広がった。

目の前にはガラードたちの姿があり、やはり元の空間に戻ってきたのだと悟る。

皆、肩で息をして各所から流血しており、どうにか立っている有様だった。

「ガラード、魔族たちは？」

『さてな。レイドが戻ってくる直前、悲鳴を上げて砕け散った。大方、親玉の魔王が魔滅の加護で消えて、連鎖的に消滅したんじゃないのか？』

「その割には、妾は生きているがの……死に損なったわ」

アイルは自分の手を開閉し、まじまじと見つめていた。

……後から調べて分かった話だが、魔王消滅と同時に砕けたのは、どうやら「純粋な魔族」のみであったという。

つまりは「魔王に心の底からの忠誠を誓った者」のみが魔王と共にリ・エデンの超常の権能……魔滅の加護で連鎖的に葬られたのだ。

魔王の魔力は全魔族に通じており、つまり魔族は、魔王による魔力供給で圧倒的な力を得ていた種族だった。

魔族が魔王を封印から解き放ちたかった真の理由はそこにあり、魔滅の加護が連鎖的に効果を発揮した理由も、魔王と魔族の魔力的な繋がりにあったのだという。

しかしながら、アイルはどうやら俺たちとの長い生活の中で……。

「仮に自由になったとして、この者たちを滅していいものか。妾の故郷の間抜け共と似たように、基本は人畜無害な顔で昼寝をしてばかりではないか。かくいう妾も同じ生活だが……捕虜の割には意外と、居心地も悪くない」

……そんなふうに、少しの疑問や安らぎを抱くようになっていたのだとか。

そんな思いがあり、結局魔王側にも俺たち側にも付きづらい中途半端な心持ちとなり……最終的には魔滅の加護の適用外となり助かったと、そういう顚末《てんまつ》であった。

「全員ボロボロだけど、生きていてよかったよ」

『ええ、竜の国に大手を振って帰れるというものです』

ルーナは人間の姿となり、微笑んでくれた。

その微笑みが勝利の女神の顔にも思えて、俺は彼女に万感の思いで「ありがとう」と返す。

それからは砕けたモノリスの前で黙祷し、竜の国へ帰還するべく再び古竜の姿となったルーナの背に乗った。

ルーナの鱗も各所が抉れて剥がれ落ち、少しだけ痛々しかった。

帰ったらすぐに再生促進の治癒水薬《ポーション》を使う他、魔力詰まり解消のマッサージも施してやろうと考える。

あの施術は古竜にも大好評で、やってみるとルーナも結構喜んでくれるのだ。

「ルーナ、俺たちの竜の国へ……」

帰ろうか、そう続けようとした……その時。

「ウオオオオオオオオオオオオオオオ!!」

地獄の底から轟くような、尋常ならざる絶叫が響き渡る。

見れば燐光を失ったモノリスの手前、黒い捻じれが渦巻いている。

沼のように広がるそれを見て、背筋に悪寒が走った。

「……ルーナ！」

『上空へ！』

ルーナに続き、ミルフィたちを乗せた古竜一同が一斉に舞い上がる。

直後、渦が泉一帯を覆うように広がり、闇色に染まった。

その中央、絶叫の主が這い蹲《つくば》るようにしてこの世界へと戻ってきた。

「レイド……レイドォォォォォォ！」

「ヴァーゼル……ッ！」

再び姿を現した剣魔ヴァーゼル。

魔王を滅し、アイル以外の魔族は消し飛んだはず、なのに何故生きている⁉

少なくとも六眷属たちは跡形もなく消えたのに。

……答えは封印術の使い手としてすぐに分かった。

「空間ごと封印したから、魔滅の加護の影響から外れたのか……！」

封印術を施した空間は外界から隔離され、外部からの干渉も受けにくくなる。

でなければ外側から封印を容易に解かれ、術を施す意味がなくなるからだ。

よってヴァーゼルは連鎖した魔滅の加護を受けず、魔王が滅んだ今も存命し続けている。

しかし奴とて、五体満足で封印から逃れてはいなかった。

夜刀神《ヤトノカミ》による鎖が絡み付いていた両脚と左腕はなく、胴は半分がごっそり消え、流血の代わりに闇が蠢《うごめ》いている。

右手に握ったリ・シャングリラで鎖を肉ごと削ぎ落とし、封印から逃れたのか。

ヴァーゼルは言いながら天を見上げ、赫々に輝く瞳を憎悪に濁らせた。

「レイド……ミカヅチの子孫、最後の一人ィッ！　貴様さえ、貴様さえいなければァァァ!!」

『生き汚い！　それが神竜帝国に仕えていた騎士の姿ですか！』

ルーナは魔力を集中させ、口腔にブレスを充填しようとする。

しかし俺はそれを、即座に手で制した。

「やめろルーナ、古竜でもそれ以上は無茶だ。竜のブレスは内臓を痛める上に、生命力である魔力をごっそり削る。……それ以上撃ったら、竜の国に帰る体力までなくなるぞ」

『で、ですが……！』

ルーナは強引にブレスを溜めようとするが、やはり魔力も残り少ないようで、途中で霧散してしまった。

しかも他の古竜やミルフィたちも、剣魔の六眷属たちの足止めでもう限界が近い。

――こうなったら、仕方がない。

俺はルーナへ耳打ちするように言った。

「ルーナ、皆を連れてここを離れるんだ。そして神竜帝国からフェイたち空竜を呼んで来てくれ」

『……レイド、あなたはどうするおつもりですか？』

「俺がヴァーゼルを足止めする。俺はミカヅチからもらった魔力とリ・エデンの内蔵魔力を消費して戦っていたから、まだ動けるさ」

『そんな……！　無茶です！　それにあんな大魔力を行使した後です。反動で体の動きも鈍っているでしょう。私がそれを、見抜けないとでも？』

ルーナはじっとこちらを見つめてくる。

実際には彼女の言う通りで、限度を超えた魔力行使で体は軋《きし》むようだ。

筋肉に過負荷をかければ一時的に立つことも困難になるように、俺の体は古竜のブレスにも匹敵する魔力行使の反動で相当に消耗していた。

『レイド、今は撤退しましょう。そして機を待つのです、そうすれば……！』

「だめだ。今倒さなかったら、あいつはまた復活する。ミカヅチの力がない以上、今度完全に復活されたらあいつを倒す方法はもうない。……何より、簡単に逃してくれなさそうだ」

「レイドォォォォォォォォォォ！」

ヴァーゼルが叫び、リ・シャングリラを縦横無尽に右腕だけで振った。

それによって魔力斬撃が起こり、大樹海の木々を放射状になぎ倒しながら、半透明な斬撃が空中まで伸びてきた。

『くっ……!?』

古竜たちは必死に逃れるが、やはり疲労とダメージで動きに機敏さがない。

このまま食らえば、すぐにでも数体は仕留められて墜落する。

「ルーナ。竜の姫様なら、仲間の命を大切にしてやるんだ」

『……卑怯な言葉です。あなたに命を救われてから、私がどれだけあなたを想ってきたか、ここまでの付き合いで知っているでしょうに……』

「……それは承知だ。でも頼む、行かせてくれ。俺もみすみす、相棒を死なせたくない」

ルーナと視線が絡み合う。

青空の中、目の前の銀竜の鱗が陽光で輝き、それが一瞬にも永遠のようにも思える。

……先に沈黙を破ったのは、ルーナだった。

『分かりました。……行きましょう、ガラード』

『おい姫様ッ！　あんた正気か！　片腕だけとはいえ、あんな化け物の前にレイドだけ置いて……！』

『それがレイドの選択なら、信じるのもまた相棒の務め。……レイド、頼みます。どうか……！』

「ガァァァァァァ！」

ルーナが言い終わるより先、半狂乱のヴァーゼルが咆哮を上げ、斬撃の嵐を放ってきた。

俺はルーナの背から飛び降り、詠唱を開始。

「封印術・竜縛鎖《リユウバクサ》！」

古竜たちの直下に魔法陣を幾重にも展開し、鎖を網目状に張る。

それによってヴァーゼルの斬撃は阻まれ、ルーナたちに到達することはなかった。

「ルーナ、行くんだ！」

『レイド！　どうか、死なないで……！』

そのまま飛び去っていくルーナたちを確認しつつ、俺は宙に張った鎖の上に立ち、ヴァーゼルを見下ろす。

「随分とおかんむりだな、ヴァーゼル。そんなに憎いか……いや、癪《しゃく》か。ミカヅチに似た俺に、でもミカヅチじゃない俺に、やられたことが！」

「グッ……オオオオオッ！」

ヴァーゼルはくぐもった悲鳴を上げながら、魔力を操作し失った手足へと伸ばす。

そうして擬似的に肉体を再生させ立ち上がり、地を蹴って、上空の俺へと肉薄してきた。

「肉だ……！　肉が足りぬ。我が肉体を戻す肉、贄《にえ》が！」

「来い、ヴァーゼル！」

「我が贄となれ、レェェェイィィィドォォォ！」

リ・エデンを引き抜き、ヴァーゼルのリ・シャングリラを迎え撃つ。

「リ」が再びを意味するなら「エデン」も「シャングリラ」も異国語で楽園を指す言葉。

……即ち、双方ともに魔王により奪われた平和を再び取り戻す、という意の願いの剣。

そんな神竜皇剣《リ・エデン》と神竜帝剣《リ・シャングリラ》が、今度こそ互いを滅ぼさんと斬り結ばれる。

消耗で動きは鈍くなっていても、奴は剣魔。

剣を振らせれば一騎当千の猛者であることには変わりない。

――ミカヅチの魔力も力も失った今、残ったのは引き継いだ剣技の知識のみ。真正面から打ち合えば不利なのはこっちか。

首を狙って振られた一閃を、勘任せに身を捻って回避。

目視をしてからでは回避も間に合わないほどの高速、髪の端が斬られて風に舞う。

背筋が凍る思いながら、奴の攻撃は大振りだった。

回避の直後、隙の見えたヴァーゼルへとリ・エデンを横薙ぎで振るう。

ヴァーゼルの横腹に直撃する刹那、時間が巻き戻るかの如き凄まじい速度と動きでリ・シャングリラが防御に回った。

「……そこだ！」

一転攻勢。

二本の聖剣が衝突し、金属音を奏でながら火花が散る。

――あんな体勢から防御が間に合うのか！

直後に振られたヴァーゼルの剣は、一瞬で三本に見えた。

明らかに高度なフェイント、突っ込めば負けると勘が囁《ささや》く。

大きく後ろへ跳ね飛んで距離を取り、リ・エデンで剣先を弾き上げる。

「軽いぞッ！」

俺を逃すまいと、執念で突っ込んでくるヴァーゼル。

懐に入られる前に、咄嗟に技を繰り出し迎撃する。

――神竜帝国式・竜騎士戦闘術！　竜翼輪舞《リユウヨクリンブ》！

竜翼を描く軌道の回し蹴りによる一撃を放ち、ヴァーゼルの胴に激突。

衝撃で互いの体が離れ、たたらを踏むが、大したダメージにはなっていまい。

……足場は封印術の鎖であり、絶えず奴の魔力と力を抑え込んでいる。

なのに動きは機敏なまま、底が知れない恐ろしい奴だ。

「肉が、小童が……チョロチョロと、跳ね回るなッ！」

咆哮し、牙を剥くヴァーゼル。

こちらを獲物と認識した奴は、飢えた獣そのもののようだ。

動きの速度が一段階上がり、回避の予備動作すら隙になりかねない。

防御重視で立ち回り、リ・エデンの頑丈さに任せて攻撃を捌き続ける。

下段からの振り上げを逸らし、右からの斬撃をいなし、横薙ぎを受け止める。

打ち鳴る鉄、火花を散らし続け、踊る剣戟は丁丁発止。

「何故だ。背信の騎士と化し、この手を血ですすぎ、屍山血河《しざんけつが》を進んできたこの身が！　……今、一歩届かぬ。若造の首を、未だ落とせぬ！」

「よく聞けヴァーゼル！　お前は自分のため、武を磨くため魔族になったと言った。だがそれと同時に、お前は人間最強の武器をなくしたんだよ。それをなくしたお前は、いつかこうなる定めにあった！」

「最強の武器……？　馬鹿な。リ・シャングリラを持ち、神竜帝国式の剣技を数百年以上鍛え上げた我が肉体こそ、最強の武器。人間最強の武器などと、笑かすなレイド！」

ヴァーゼルから放たれた上段突きを下から跳ね上げ、奴の胴を蹴って距離を取る。

「だったらな、ヴァーゼル。教えてやるよ。俺たちの持ちうる最強の武器を」

「……」

ただ黙ってこちらを見据えるヴァーゼル。

奴に向かい、俺は自分の胸に拳を当てた。

「それはな、陳腐ながら心だよ、ヴァーゼル。互いを思いやる心、助けて力になってやりたいって思い。それがなかったら俺は今頃ここにいない」

そう、初めてルーナと出会った時、もしも唸る彼女をただ凶暴な古竜だと見放していたならば。

きっとルーナは命を落とし、俺も神竜帝国から追放された時点で彼女の助けを受けられず、倒れていたかもしれない。

もしもミルフィを見ず知らずの他人として放置していたなら、俺はきっとアイルと出会わず、魔族に関する情報の多くを得られなかった。

もしもロアナやメラリアたち猫精族《びょうせいぞく》を助けようと里に向かっていなければ、俺はリ・エデンを手にできず、ヴァーゼルにこうして対抗できなかった。

……今なら分かる。

誰かを思いやる心と、それに報いようとしてくれた仲間たちの心に、俺は今まで何度も救われてきたのだと。

「でもヴァーゼル、お前にそれらはないだろう。己の武を極めるために仲間も故郷も裏切ったんだ。お前は魔族としての力を得る代わりに、人間最大の武器を、心を失った！」

そしてそれは、ミカヅチの記憶でも見ていた。

離反したヴァーゼルの瞳には、かつての輝きはなく、ただ力への乾いた欲望のみが漲《みなぎ》っていた。

「お前にあるのは力への望みでも、祈りでもない。ただの執着、ミカヅチを超えられなかった現実への妄執だ」

「……。…………そうか」

ヴァーゼルはただ立ち尽くし、俺を見据えたまま。

「我の…………長きにわたる願いを、妄執と語るか」

「そうだ」

「我はここまで強くありながら、最大の武器をなくしたと」

「そうとも」

「ならば…………ならば、ならば、ならば！　レイドッ！」

ヴァーゼルは鎖を蹴って、大きく跳躍。

上段に大きく振りかぶって、神速を以て突撃してきた。

「貴様が示せ、示して見せよ！　確かに我が肉体、貴様と古竜によりこの有様よ。だが……どうだこれは！　それでもなお、一対一の果たし合いではこちらに分がある！　最強の武器を持つならば、何故に我を圧倒できぬか！　最強の武器を貴様が持ちうると言うならば、それを我が眼前に示してみせるがいい!!」

ヴァーゼルの渾身の魔力斬撃の余波で、総身が斬り裂かれて血が吹き出す。

リ・シャングリラからの直接の斬撃は防げても、その余波である魔力斬撃は防ぎきれない。

まともに受ければ腕の一本など容易に落とされる。

これが剣魔、ただ力の頂《いただき》に至ることのみを望んだ男の成れの果て。

「……ああ。示してやる。じゃなきゃお前は収まりがつかない。真っ向から打ち砕かれなきゃ、未来永劫こうやって蘇り続けるだろうよ！」

俺はリ・エデンに込められた最後の内蔵魔力を消費し、魔滅の加護を再起動する。

陽光のような暖かな輝きが、リ・シャングリラに絡みつく魔族の魔力を消失させてゆく。

「ハッ！　そんな体で、人間の身で！　まだ魔滅の加護を扱うか！　皇竜騎士《インペリアルドラグーン》としての素質は認めるが、お前の体が失血と魔力の過負荷で限界を迎える方が先だ！」

ヴァーゼルの言葉の直後、全身にギシリと嫌な音と感覚が走って視界が揺らぐ。

ヴァーゼルの言う通り、失血と魔力の負荷で、これ以上ないほど限界が近いと総身が叫ぶ。

――それがどうした、今更止まれるか！

「無謀で結構、無茶で上等だ！　ヴァーゼル！　俺が倒れるその前に、お前が捨てた心の力で、お前を滅してやる！」

叫びながら、足場にしていた封印術・竜縛鎖《リユウバクサ》を全て消失させる。

その瞬間、俺とヴァーゼルは宙に投げ出された。

「貴様……高所からの落下で道連れを狙うか！」

「だったら、どうしてリ・エデンの力を開放したと思う！」

俺はヴァーゼルの体を掴み、奴の懐に入り込む。

ヴァーゼルの攻撃を敢えて受け続け、これまで温存してきた体力を解き放った動きは、奴の防御の動きよりも数瞬素早かった。

片手でリ・エデンを振り上げ、ヴァーゼルの胸部に突き立てる。

途端、魔滅の加護が最大限の力を発揮し、ヴァーゼルの体を焼いていった。

「グッ、ァァァッ！　貴様、最初からこれが狙い！　これが狙いで、上空にて待ち構えて……！」

「弱っていても、お前は最強の四天王。策を練っての撃破は必至だ！」

「グッ……ハハハ!!　見事だ小童！　だが貴様、人間がこの高さから落下すれば助かるまい！　大樹海の大木、何本分の高さか！」

ヴァーゼルは全身の力を失ったのか、リ・シャングリラを手放し大の字になる。

これで奴は戦闘不能だが、夜刀神《ヤトノカミ》の封印を突破したヴァーゼルを高所落下程度で確実に倒しきれるとは言い難い。

――こちらもこのままでは相討ち狙いがいいところ。……そんなふうに、ヴァーゼルは考えているのかもしれないが……。

「……おい、ヴァーゼル。まだ忘れているのか。人間最強の武器は、心は！　種族だって超えて互いを思いやれるってな！」

『レイドーーー!!』

叫びと共に、空の彼方から高速でルーナが帰還した。

ヴァーゼルを尻尾で跳ね上げ、ルーナは宙にて俺を前脚で掴んだ。

「助かったよルーナ」

『レイド、もう離しません！』

ヴァーゼルは落下したまま、うわ言のように呟いた。

「馬鹿な、魔力切れの古竜が今更何を……！」

「誰がルーナだけって言った。……フェイ！」

『皆の者、かの魔族を滅するぞ！』

『レイド。力になりに来たよっ！』

『全く、少し見ない間に勇敢になったな。後は任せな！』

ヴァーゼルが瞠目《どうもく》して見上げる先、神竜帝国にて過ごしていたフェイたち空竜が十数体、円を描くように滞空している。

この大樹海から神竜帝国はさほど距離が離れておらず、竜たちの翼ならひとっ飛びだ。

だからこそこうして間に合ってくれた。

俺が皆を大切に想うように、皆も俺に応えてくれた。

『現世に蘇りし皇竜騎士《インペリアルドラグーン》に！　我らが誇らしき友に！　今こそ我らが威信を示さん!!』

フェイがそう言い放った瞬間、空竜たちの溜め込んでいたブレスが一斉にヴァーゼルへと殺到した。

各属性の空竜たちが放ったブレスは混ざり合い、虹の閃光となり、魔滅の加護よりなお強い魔を滅する輝きと化す。

「敗れるのか。神竜帝国の空竜共に……我が身が敗れるというのか！」

「お前が私情で見限った神竜帝国を、今までずっと守ってきたのがフェイたち空竜だ。……主と竜に

背を向けし、神竜帝国背信の騎士。最期は竜の怒りで滅び去れ！」

ヴァーゼルはブレスの圧倒的熱量を受け、今度こそ体を塵に変えてゆく。

体内に宿る古竜をも超える膨大な魔力で抗おうにも、奴の胸には魔の力を滅する聖剣が、神竜皇剣リ・エデンが刺さったままだ。

最早一切の抵抗は許されず、ヴァーゼルが逃れられる道理は一片たりともこの世に存在しない。

最期の最後、ヴァーゼルは俺を瞳に映し、小さく唇を動かした。

「レイ……ド……………。…………ああ、確かに。我にも、俺にも、いた。…………心を通わせる友も、騎竜も。………………な、あ、ミカヅ……チ………………」

ヴァーゼルは最後に、人間だった頃の何かを思い出したのだろうか。

その微かな声音も、空竜たちのブレスと、集まってきた古竜たちの勝鬨《かちどき》の咆哮でかき消えた。

塵になったヴァーゼルを見届け、ルーナは俺を背に移動させ、小さく呟く。

『レイド、あなたという人は……こんな、満身創痍になってしまって……』

「悪かったよ、ルーナ。でもありがとう」

『全く、本当は小言を山ほど口にしたい気分ですが……。あなたも反省している様子ですし。今は皆から発されるこの熱気に、身を任せてしまいましょうか』

「……えっ？」

ルーナは古竜と空竜たちの中心に飛翔し、背にいる俺を竜たちに示すようにして言った。

『この戦、我が相棒たるレイドの偉業として相違なし！　皆の者、新たなる伝説の名をこの場にて唱えよ！』

『『レイド……ドラゴンテイマー、レイド！』』

『『皇竜騎士《インペリアルドラグーン》レイド！』』

『『我ら竜種に、天地に新生した皇竜騎士《インペリアルドラグーン》の加護あり！』』

——皇竜騎士《インペリアルドラグーン》の加護……？

突っ込む間もなく、古竜も空竜たちも関係なく、周囲を舞うように飛び続ける。

幾重にも円を描くように、風を纏いながら、途切れることなく。

後世にウォーレンス大樹海の竜舞として語り継がれる力強い躍動を、俺はしばしの間、ルーナと一緒に見入っていた。

エピローグ ◆ これからも、竜の国で

魔王とヴァーゼルを討伐してから、十日ほど。

竜の国にて療養中の俺は、ロアナから話を聞いていた。

「……そんな感じで最近、この辺りも神竜帝国もイグル王国の方も、魔物の動きが静かになったらしいよ？」

「魔王が滅んだからだな……。世の中が落ち着いて、俺も頑張った甲斐があったよ」

それに魔物を率いて各種族を襲っていたヴァーゼルももういない。

魔物たちも野に生きる獣のように、これからは比較的穏やかに過ごしていくだろう。

「せっかく魔物が静かになったなら、皆で旅行にでも行きたいな。ルーナに乗って、海とかにも……うっ、いたたた……」

「あっ。レイドお兄ちゃん、まだ無理しちゃだめだよー」

動こうとしたら、包帯だらけの体が鋭く痛んだ。

先日の戦い、ルーナたちは外傷が目立ったが、俺の方は外傷と同じくらいに魔力による負荷で内側も痛めていた。

筋肉以外にも骨や内臓にまで負担がかかったらしく、三日前までは寝たきりだった。

とはいえルーナにロアナ、それにミルフィの看病もあり、徐々に体調はよくなってきている。

この分なら後五日もすれば、問題なく動けるようになるだろう。

『レイド、大人しくしていますか？』

ロアナに「動かないの〜！」と押さえられていると、ひょっこりと人間の姿のルーナが現れた。

見れば、何か細長い物体を白い布に包んで抱えている。

「あ、姫様！　全く、さっきレイドお兄ちゃんが海に行こうって言い出したんだよ？」

『それはまた、元気のいいことだとは思いますが。せめて体が治ってからにしましょうね』

「このざまだと本当だよな」

ルーナはベッドの隅に腰掛け、俺の体に巻いてある包帯を撫でた。

『外傷の方は、もう大丈夫なのですね？』

「そっちの方はある程度は。後は体の内側だけど、じきによくなるよ」

『まさかここまでの魔力的な反動があるとは。神竜皇剣はしばらく使用厳禁ですね』

困った表情でルーナは呟く。

そんな彼女に、俺は言った。

「……しばらくどころか、二度と使う機会はないかもな」

竜の国へ戻り、リ・エデンは猫精族《びょうせいぞく》のもとに返してある。

さらにヴァーゼルの持っていたリ・シャングリラも、彼らに管理を託した。

この二振りの聖剣は、元々は魔王と魔族を滅するための武装だ。

「魔王も、敵対する魔族もいなくなった今、聖剣の力はきっともう必要ない」

『ええ、私もそう願う限りです。ですが……』

ルーナは抱えていた物体から白い布を取り払って、中身を見せてくる。

なんとルーナが抱えていたのは、神竜皇剣リ・エデンであった。

『新たな皇竜騎士《インペリアルドラグーン》のあなたには、これがいずれ必要になる時が来るかもしれません』

「これ、猫精族《びょうせいぞく》に返したはずなのに。どうしてだ？」

『猫精族《びょうせいぞく》の長、それにメラリアが渡してくれたのです。元々レイドの祖先、皇竜騎士《インペリアルドラグーン》ミカヅチの持ち物であったなら、その子孫にして新たな皇竜騎士《インペリアルドラグーン》のあなたが持つべきと。……とはいえ、しばしの間、レイドが無茶をできないよう私が持っておきますが』

ここは譲りませんよ、と言いたげなルーナ。

あの時一人で残り、ヴァーゼルと戦い無茶をした件については、今も怒っている様子だった。

「分かったよ。それなら体がちゃんと回復したら、また渡してくれ」

『承知しました。……それと、アイルとミルフィについてなのですが……』

ルーナが言いかけた矢先、外から大きな音が轟いた。

感覚からして魔力同士の衝突。

窓から外を覗けば、アイルとミルフィが手合わせしていた。

『……あの通り、最近は修業だと言って、炎と水の魔法をぶつけ合っていまして。それをガラードたちが囃《はや》し立てていたのも悪いのですが、かなり激しくて。そのうちでいいので、レイドからも落ち着くよう言っていただけませんか？』

「分かった、今度会ったら言っておくよ」

……ただ、外にいるアイルもミルフィも活き活きしているように見えるし、互いに殺気も飛ばしていない。

本当にただの修業のつもりなのだろう。

様々な問題が片付いて、二人もすっきりとしたのだろうか。

周りに被害さえ出さなければ、あのままやらせていても悪くないとも思う。

……そんなふうに考えているうち、また眠気が襲ってきた。

体が休養を求めているせいかもしれない。

「ルーナ、悪い。俺、このままもう一眠りするよ……」

『でしたら、こういうのはどうでしょう?』

ルーナは俺の頭の下から枕を退け、代わりに彼女自身の膝の上に俺の頭を乗せた。

俗に言う、膝枕というものだ。

柔らかな感触とルーナの優しい匂いに、少し顔が熱くなった気がした。

「脚、痺れるだろ。無理しなくてもいいんだぞ?」

『私がレイドにこうしてあげたいのですから、よいのですよ。それに相棒はいつも一緒、そうでしょう?』

「ああ……そうだな」

普段と同じく柔らかなルーナの微笑みを目にしてから、俺はゆっくりと瞼を閉じた。

――思えば、神竜帝国から出た時は、こんな未来が待ち受けているとは思ってもみなかった。

心を通わせられる相棒を見つけ、新たな居場所に至り、多くの仲間に恵まれた。

俺はこれからもずっと、この竜の国でルーナたちとのんびり暮らしていくのだろう。

また大変な何かが起こったら、皆で一緒に力を合わせて乗り越えればいいのだ。

そうやって未来を思い描きながら、ルーナの膝の上で、俺は温かく眠っていった。

番外編◆三年前の思い出

レイドと共に竜の国で生活を始めて、もうどれくらいの月日が経ったのでしょうか。

今では彼と一緒にいるのが当たり前ですが、それでも夢の中でさえ、私は彼と共に在る場合もあるのです。

その夢とは……そう。

人間の時間で言い表すところの、三年ほど前の出来事。

ええ、そうです。

レイドと初めて出会い、救われた時の夢になります。


『はぁ、はぁっ……』

木陰に体を横たえた私は、迂闊《うかつ》だった、と喉を鳴らしました。

全身を覆う純白だった鱗《うろこ》は各所が黒ずみ、生気を失っていました。

しかも体中が鋭く痛み、もうまともに動けそうにありません。

——黒竜病、まさか本当に……。

黒竜病とは、今の私のように、鱗が黒くなり魔力を失う竜の病です。

竜にとっての生命線である魔力が絶えず食われてゆく、いわば死の病。

私は当時、見識を広げるべく竜の国を出て、各地を飛び回っていました。

そして竜の国へ戻ろうとしたある日、とある魔物に出会ってしまったのです。

地獄の猛獣とされる三つ首の魔物、魔犬ケルベロスに。

ケルベロスは気性が荒い上、様々な病のもとを体内に宿しているとされ、ケルベロスに噛まれれば空竜どころか古竜でさえ危ないと、よく老いた古竜たちより聞いていました。

だから十分に注意すべきと、頭では分かっているつもりでした。

けれども私は……とある泉で水を飲んでいる隙を突かれ、ケルベロスのひと噛みを後ろ脚に受けてしまったのです。

本当に迂闊でした。

あそこがケルベロスの縄張り内だったと、もっと早く気付いていれば。

噛み付かれた直後にブレスでケルベロスを撃破するも、その時には黒竜病にかかっていたのでしょう。

私は数日の後に高熱に苦しみ、故郷へ戻る体力も魔力も失い……こうして大樹海の際で体を横たえるほかなかったのです。

——今、魔物に襲われれば……生きたまま、貪《むさぼ》り食われるのでしょうか。

想像するだけで体が震えそうになりました。

それだけは嫌だと思っても、もう体は自由に動きません。

竜の国へ助けを呼ぼうにも、喉は腫れ、咆哮を飛ばす力もありません。

……私は孤独にここで死ぬ、そう思うと余計に虚しくなりました。

――ああ……。せめて、故郷の皆のもとへ……。

帰りたい。

そう思い、涙が流れ出たところで……ふと、声が聞こえてきたのです。

「は～、もう日が暮れそうだな。久しぶりの休日も竜用の薬草探しで終わったかぁ……。なんでこの大樹海にしか生えてないんだ、あいつら」

――人間……それもこの大樹海の中から？

気付いた瞬間、全身がぞくりと震えました。

人間は時に魔物以上に獰猛だと、故郷の古竜たちから幼い頃より教わっていたからです。

中には竜を殺し、鱗や甲殻を売り捌く者もいるのだと。

……時には拘束され、生きたまま解体される竜すらいると。

今の私は拘束されずとも、無抵抗で解体されてしまうでしょう。

――お願い、こっちに来ないで……！

しかし願い虚しく、大樹海の中より迫っていた人間は偶然か必然か、藪を払って私の真正面に現れました。

そして私を認識すると、ぽかんとした表情を晒しました。

「四肢とは独立した翼を持った竜……こいつはたまげたな。まさか古竜がいるなんて。しかも黒竜病か……？　全身に毒が回っているのか」

人間が近寄ってきそうになり、私は大きく唸《うな》りました。

まだ辛うじて動く翼をばたつかせ、彼が近寄ってこないよう威嚇します。

そんな私を見て、彼は苦笑を浮かべました。

「意外と元気で安心したよ。でも、暴れられたら近寄れないんでな。悪いが拘束させてもらうぞ。……封印術・竜縛鎖《リュウバクサ》！」

彼が魔術を起動した瞬間、私の全身は鎖でがっちり締め上げられました。

そして彼が近寄ってきます。

このまま喉を割かれて殺されるのかと、目を瞑った刹那……。

彼が信じ難いことを言いました。

「このまま鎖で締め付けていても体に悪いしな。一旦テイムさせてくれ」

――テ、テイム!?　あの従魔契約のような、主人に抗えなくなるという、あの！

ですが私は弱っていても古竜の姫。

人間如きの魔力、古竜の底力で跳ね返して……！

「我、汝との縁を欲する者なり。汝の血を我が血とし、汝の権能を我が権能とする者なり。消えぬ契約を今ここに！」

……困りました。

一瞬でテイムされてしまいました。

お陰で彼に逆らう気も一気に削がれてしまいました。

テイムの力というより、単に気後れしてしまったのです。

弱っているとはいえ、古竜の私を拘束してテイムしたこの人は一体何者なのでしょうか？

――くっ、まさかこんなことになるなんて……。しかし、強者に敗れて地に伏せられるのは自然の摂理。さあ、煮るなり焼くなり好きに……。

私は半ば諦め、目を閉じます。

けれど彼は、先ほどよりもっと信じ難いことを言い、お陰で私は目を見開きました。

「じゃあ、暴れなくなったところで治療を始めるぞ。大丈夫。俺、獣医じゃなくてテイマーだけどさ。治癒水薬《ポーション》くらいは今も持ち歩いているし、竜の手当ても慣れっこだから」

『……!?』

ち、治療。

黒竜病を……治療!?

今までこの病で一体何体の古竜があの世に……と思いつつ、彼の治療を受けることしばし。

……彼が取り出した治癒水薬《ポーション》を飲み、処置を受けた私の体は、太陽が沈む前には痛みが引いていました。

こんな奇跡のような話が、本当にあり得るのでしょうか？

もう目を丸くするほかありませんでした。

治療を一通り終えた彼は、額に浮いた汗を二の腕で拭いました。

「今日はこんなもんかな……。俺、今晩も仕事があるから。また明日来るよ。食ったりしないから逃げないでくれよ？」

彼はそう言い残し、私から離れていきます。

……彼は本当に、何者なのでしょうか。

私から鱗の一枚も剥ぎ取らないとは、聞いていた人間の様子とは大分違います。

……私は一晩それればかりを考え、首を傾げて考え込んでしまいました。

けれどこれこそが……そう。

私の相棒、レイドとの出会いだったのです。


翌日、再び現れた彼は、私に群がっていた小柄なコボルト数体を蹴散らしてくれました。

病で動けない私はコボルトからすれば、格好の獲物に見えていたのでしょう。

じっと震えながら耐えていた私は、約束通りまた現れたレイドに、再び救われたのです。

「動けない古竜相手に……しかも俺が面倒見て治そうとしている竜に！　何すんだお前ら！」

レイドは不思議な技を、教えてもらった今なら神竜帝国式・竜騎士戦闘術と分かるそれを使い、コボルトたちを蹴散らしていきました。

拳撃が魔物の弱点を正確に打ち付け、蹴り技が空を切って炸裂する。

私は彼の技に見入り、じっと見つめるばかりでした。

こちらの視線に気が付いたレイドは、親指で背嚢《リュック》を指して言います。

「約束通り、今日も来たぞ。……職場をこっそり抜けてきたから、手早く終わらせる」

レイドは私に薬を飲ませたり、軟膏を塗ったり、甲斐甲斐しく世話をしてくれました。

そして最後に塊肉を置き、差し出してきたのです。

「少しでも食べれば体力が回復する。遠慮せずに食べてくれ。……というかさ、古竜も空竜と同じく人間の言葉が分かるんだよな？　そう両親から前に聞いたけど……」

『……ぁ、ぁぁ……』

私はこくりと頷きますが、上手く声が出ません。

レイドは私の喉元を触診すると、困り顔を浮かべました。

「こりゃ喉も酷く腫れているな。それで声が出ないのか。できれば喋りたかったけど、残念だ。俺のスキルは、あくまで竜の鳴き声とか咆哮を人間の言葉に変換するものだから。これじゃ話のしようがない」

それからレイドはまた明日来ると約束を残し、帰っていきました。

……そんな生活が、どれくらい続いたでしょうか。

毎日彼に世話をしてもらい、魔物を退けてもらった上、食事まで用意してもらう。

そんな日々の中、私はレイドに自然と心を許し、彼の世間話や身の上話を聞くのが楽しみになっていきました。

――いつかは彼と、ゆっくり話したい。そのためにも早く体を、喉を治さなくては。

私は毎日、そう願っていました。

そうして、ようやく次の日には声を出せそうというある日、肩を上下させて駆けてきたレイドは言ったのです。

「ごめんな。職場を抜けてここに来ていることが、お偉いさんにばれたんだ。もう明日からはここに来られないし、今も急いで戻らないとまずいんだ……。まあ、それだけ体が動くならもう大丈夫だろう。鱗を覆っていた黒色も消えたし、喉の腫れ以外はほぼ完治だ」

『……ぅぅ……』

私は彼にせめてお礼を言いたいと思いましたが、やはり声は出ませんでした。

レイドは私に最後の処置を施し、食事を置いて言いました。

「じゃあまたな、綺麗な古竜さん。古竜の世話ができるなんて、ドラゴンテイマー冥利に尽きるってもんだったよ」

そのまま駆けてゆくレイドの背を見送りながら、私はふと思い出しました。

――そういえば、テイムがそのままですが……いいでしょう。私を救ってくれた彼なら、悪いようにはしないでしょうから。

何よりテイム中はレイドの魔力を少し感じますし、それが彼との繋がりに思えて、不思議と不快ではありませんでした。

それからこれ以降、彼は二度と姿を見せませんでした。

……レイドが帝国を追放され、私が空竜たちの咆哮を受け取った、あの日までは。

後のことは、語るまでもないでしょうか。

三年後、私はレイドを大樹海まで迎えに行き、竜の国に連れ帰り、今の生活が始まったのです。


『本当に、あなたには感謝していますよ』

人間の姿の私は、眠るレイドの傍に座り込みます。

窓から差し込む月明かりに照らされるレイドの寝顔は、とても安らかです。

……三年前のあの時、彼がいなかったら私は間違いなく死んでいたでしょう。

レイドと再会するまでの三年間、私は毎日のように彼のことを考えていました。

いつか恩を返したいと、そう思いつつ……背に彼を乗せ、いつまでも話していたいとも。

背に乗せて飛べばきっと喜んでくれるだろうと、そんな想像ばかりしていました。

『恩を返すつもりが、レイドには多くを助けられましたが。それでも毎日あなたと話せて、私は満足ですよ』

とはいえもっと行動として、この想いを表せればよいのですが。

……あまり思いつきませんね。

強いて言えば、普段通りに寄り添うのが一番でしょうか。

『竜の姿の時はあなたを背に乗せ、互いに密着しているので。人間の姿でもいいですよね？』

私はそう呟き、起こさないよう静かに彼の横に寝転びます。

竜と乗り手は一心同体となる、という類の昔話は竜の国にも伝わっていますが、私とレイドもそんなふうになれていると信じたいものです。

――願わくは、レイドとの穏やかな日々がこの先もずっと続きますように。

そんな願いを抱きながら、私は今宵も眠りにつきました。

《了》

あとがき

読者の皆様、本作を手に取っていただきありがとうございます。八茶橋らっくと申します。

神竜帝国のドラゴンテイマー、いかがだったでしょうか。

私の執筆作品には主要キャラとして大体ドラゴンが出てくるのですが、本作も同様です。ドラゴンと共にのんびり過ごし、激しく戦う本作、楽しんでいただけたなら何よりです。

……と、ここまで感謝も込めつつ、半ばテンプレの如く語ってみたのですが、もし私の作品を読んだ経験のある方が本作を手に取ったならきっとこう思ったことでしょう。

「八茶橋！　まーたドラゴンがメインの作品を書いてやがる！」……と。

ええ、書き続けますとも……何せドラゴン大好きなので……！

デビューした時からもうそんな感じなので……！

……さて、ふざけるのはこの辺にしてそろそろ真面目にあとがきに入ります。決してこれ以上滑りたくないとかそういう意図ではないです、ハイ。

・本作の出版について
奇跡です。

突然「えっ、何々？」と思われた方もいると思いますが、本作の出版は正に奇跡です。ＷＥＢに本作を公開することしばらく、待てども来ない書籍化打診。十万字以上、キリのいいところまで書いて準備万端状態なのにそんな……！　と感じる日々。それから作品を投稿して一年以上経った頃。遂にGOサインを出してくださったのが一二三書房様とかつての担当編集I様でした。

さらに編集者のK様M様の力もお借りして一気に企画を動かしたわけでございます。

それまで「全く動かん！　テコでも動かぬ！」といった状態だった本作がしっかりと動き出したもので、当時は正に奇跡だったと感じた次第です。

一二三書房様、編集者の皆様、本当にありがとうございます。

・イラストについて
イラストは「ゆーにっと先生で何卒！」と編集様にお願いしてみたのですが、なんとか希望が通って無事ゆーにっと先生に決定。その後、描いていただいたイラストが次々に送られてきたのですが、キャラも素敵な上に背景も美麗！（特に表紙のカバーイラスト！）ということで毎回画面に向かって拝んでおりました。

ゆーにっと先生、素敵なイラストを本当にありがとうございます。


最後に読者の皆様、改めて本作を手に取っていただきありがとうございました。

作品の著者にとって、皆様に作品を読んでいただけることこそ、何よりの喜びです。

またどこかでお会いできますと幸いです。それでは今回はこれにて失礼いたします。

八茶橋らっく

神竜帝国のドラゴンテイマー 1

発　行
2023年3月15日　初版第一刷発行

著　者
八茶橋らっく

発行人
山崎　篤

発行・発売
株式会社一二三書房
〒101-0003　東京都千代田区一ツ橋 2-4-3 光文恒産ビル
03-3265-1881

編集協力
株式会社パルプライド

印　刷
中央精版印刷株式会社

作品の感想、ファンレターをお待ちしております。
〒101-0003　東京都千代田区一ツ橋 2-4-3 光文恒産ビル
株式会社一二三書房
八茶橋らっく 先生／ゆーにっと 先生

Printed in Japan, ISBN 978-4-89199-941-4 C0093
※本書は小説投稿サイト「小説家になろう」（https://syosetu.com/）に
掲載された作品を加筆修正し書籍化したものです。